LES LAURIERS SONT COUPÉS

Edouard Dujardin

Edition : Culturea (culurea.fr), 34 Hérault
Contact : infos@culturea.fr
Impression : BOD, Norderstedt (Allemagne)
ISBN : 9791041974917
Date de publication : juillet 2023
Mise en page et maquettage : https://reedsy.com/
Cet ouvrage a été composé avec la police Bauer Bodoni

I

Un soir de soleil couchant, d'air lointain, de cieux profonds; et des foules qui confuses vont; des bruits, des ombres, des multitudes; des espaces infiniment en l'oubli d'heures étendus; un vague soir...

Car sous le chaos des apparences, parmi les durées et les sites, dans l'illusoire des choses qui s'engendrent et qui s'enfantent, et en la source éternelle des causes, un avec les autres, un comme avec les autres, distinct des autres, semblable aux autres, apparaissant un le même et un de plus, un de tous donc surgissant, et entrant à ce qui est, et de l'infini des possibles existences, je surgis; et voici que pointe le temps et que pointe le lieu; c'est l'aujourd'hui; c'est l'ici; l'heure qui sonne; et au long de moi, la vie; je me lève le triste amoureux du mystère génital; en moi s'oppose à moi l'advenant de frêle corps et de fuyante pensée; et me naît le toujours vécu rêve de l'épars en visions multiples et désespéré désir... Voici l'heure, le lieu, un soir d'avril, Paris, un soir clair de soleil couchant, les monotones bruits, les maisons blanches, les feuillages d'ombres; le soir plus doux, et une joie d'être quelqu'un, d'aller; les rues et les multitudes, et dans l'air très lointainement étendu, le ciel; Paris à l'entour chante, et, dans la brume des formes aperçues, mollement il encadre l'idée; soir d'aujourd'hui, oh soir d'ici; là je suis.

... Et c'est l'heure; l'heure? six heures; à cette horloge six heures, l'heure attendue. La maison où je dois entrer: où je trouverai quelqu'un; la maison; le vestibule; entrons. Le soir tombe; l'air est bon; il y a une gaîté en l'air. L'escalier; les premières marches. Ce garçon sera encore chez soi; si, par un hasard, il était sorti avant l'heure? ce lui arrive quelques fois; je veux pourtant lui conter ma journée d'aujourd'hui. Le palier du premier étage; l'escalier large et clair; les fenêtres. Je lui ai confié, à ce brave ami, mon histoire amoureuse. Quelle bonne soirée encore j'aurai! Enfin il ne se moquera plus de moi. Quelle délicieuse soirée ce va être! Pourquoi le tapis de l'escalier est-il tourné en ce coin? ce fait sur le rouge montant une tache grise, sur le rouge qui de marche en marche monte. Le second étage; la porte à gauche; «Étude». Pourvu qu'il ne soit pas sorti; où courir le trouver? tant pis, j'irais au boulevard. Vivement entrons. La salle de l'Étude. Où est Lucien Chavainne? La vaste salle et la rangée circulaire des chaises. Le voilà, près la table, penché; il a son par-dessus et son chapeau; il dispose des papiers, hâtivement, avec un autre clerc. La bibliothèque de cahiers bleus, au fond, traverse les ficelles nouées. Je m'arrête sur le seuil. Quel plaisir que conter cette histoire. Lucien Chavainne lève la tête; il me voit; bonjour.

—«C'est vous? Vous arrivez justement; vous savez qu'à six heures nous partons. Voulez-vous m'attendre; nous descendrons ensemble.»

—«Très bien.»

La fenêtre est ouverte; derrière, une cour grise, pleine de lumières; les hauts murs gris, clairs de beau temps; l'heureuse journée. Si gentille a été Léa, quand elle m'a dit—à ce soir; elle avait son joli malin sourire, comme il y a deux mois. En face, à une fenêtre, une servante; elle regarde; voilà qu'elle rougit; pourquoi? elle se retire.

—«Me voici.»

C'est Lucien Chavainne. Il a pris sa canne; il ouvre la porte; nous sortons. Les deux, nous descendons l'escalier. Lui:

—«Vous avez votre chapeau rond...»

—«Oui.»

Il me parle d'un ton blâmeur. Pourquoi ne mettrais-je pas un chapeau rond? Ce garçon croit que l'élégance est à ces futilités. La loge du concierge; vide constamment; bizarre maison. Chavainne va-t-il au moins un peu m'accompagner? À ne vouloir jamais allonger son chemin, il est si ennuyeux. Nous arrivons dans la rue; une voiture à la porte; le soleil éclaire encore, comme en flammes, les façades; la tour Saint-Jacques, devant nous; vers la place du Châtelet nous allons.

—«Eh bien, et votre passion?»

Me demande-t-il. Je vais lui dire.

—«Toujours à peu près de même.»

Nous marchons, côte à côte.

—«Vous venez de chez elle?»

—«Oui, je l'ai été voir. Nous avons, deux heures durant, causé, chanté, joué du piano. Elle m'a donné un rendez-vous à ce soir, après son théâtre.»

—«Ah.»

Et avec quelle grâce.

—«Et vous, que faites-vous de bon?»

—«Moi? Rien.»

Un silence. La charmante fille; elle s'est fâchée de ne pouvoir achever ses couplets; moi, je n'allais pas en mesure, et je n'ai pas avoué la faute; j'aurai plus d'attention ce soir, quand nous recommencerons.

—«Vous savez qu'elle ne paraît plus maintenant qu'au lever-de-rideau? J'irai l'attendre, vers neuf heures, aux Nouveautés; nous nous promènerons ensemble en voiture; au Bois, sans doute; le temps y est si agréable. Puis je la ramènerai chez elle.»

—«Et vous tâcherez à rester?»

—«Non.»

Dieu m'en garde! Chavainne ne comprendra jamais mon sentiment?

—«Vous êtes étonnant» me dit-il «avec ce platonisme.»

Étonnant! du platonisme!

—«Oui, mon cher, c'est ainsi que j'entends les choses; j'ai plus de plaisir à agir autrement que d'autres agiraient.»

—«Mais, mon cher ami, vous ne réfléchissez pas à ce qu'est la femme avec qui vous avez affaire.»

—«Une demoiselle de petit théâtre; certes; et pour cela même j'ai mon plaisir à agir comme j'agis.»

—«Vous espérez la toucher?»

Il ricane; il est insupportable. Eh bien, non, elle n'est pas la fille qu'on soupçonnerait. Et quand même!... La rue de Rivoli; traversons; gare aux voitures; quelle foule ce soir; six heures, c'est l'heure de la cohue, en ce quartier surtout; la trompe du tramway; garons-nous.

—«Il y a un peu moins de monde sur ce côté droit» dis-je.

Nous suivons le trottoir, l'un près l'autre. Chavainne:

—«Eh bien, un tel plaisir ne vaut pas ce qu'il coûte. Depuis trois mois que vous connaissez cette jeune femme...»

—«Depuis trois mois, je vais chez elle; mais vous savez bien qu'il y a plus de quatre mois que je la connais.»

—«Soit. Depuis quatre mois, vous vous ruinez vainement.»

—«Vous vous moquez de moi, mon cher Lucien.»

—«Avant de lui avoir jamais dit une parole, vous lui donnez, par l'entremise de sa femme-de-chambre, cinq cents francs.»

Cinq cents francs? non, trois cents. Mais, en effet, j'ai dit à lui cinq cents.

—«Si vous croyez» il continue «que ces sortes de munificences incitent une femme de théâtre à de réciproques générosités... Changez votre système, mon ami, ou vous n'obtiendrez rien.»

L'agaçant raisonnement! Croit-il, lui, que si je n'obtiens rien, ce n'est pas parce que je ne veux, moi, rien obtenir? J'ai grand tort à lui parler de ces choses. Brisons.

—«Et j'aime mieux, mon cher, ces folies, que bêtement faire la noce avec d'absurdes filles d'une nuit.»

Cela soit dit pour toi. Le voilà muet. Certes, un excellent ami, Lucien Chavainne, mais si rétif aux affaires de sentiment. Aimer; et honorer son amour, respecter son amour, aimer son amour. À marcher le temps est chaud; je déboutonne mon par-dessus; je ne garderai pas ma jaquette, ce soir, pour sortir avec Léa; ma redingote sera mieux; je pourrai prendre mon chapeau de soie; Chavainne a un peu raison; d'ailleurs suis-je simple; avec une redingote je ne puis avoir un chapeau rond. Léa ne me parle presque pas de ma toilette; elle doit cependant y regarder. Chavainne:

— «Je vais au Français ce soir.»

— «Que joue-t-on?»

— «Ruy-Blas.»

— «Vous allez voir cela?»

— «Pourquoi non?»

Je ne répondrai pas. Est-ce qu'on va voir Ruy-Blas en mil huit cent quatre-vingt-sept? Lui:

— «Je n'ai jamais vu cette pièce, et, ma foi, j'en ai la curiosité.»

— «Quel vieux romantique vous êtes.»

— «C'est vous qui m'appelez romantique?»

— «Eh bien?»

— «Vous êtes un romantique pire qu'aucun. Et l'histoire de votre passion?... Pour être allé, une fois, aux Nouveautés, entendre je ne sais quoi... Une belle idée que nous eûmes... Nous avons remarqué un page...»

Était-elle jolie!

— «Mon ami, vous avez usé tout l'hiver à vous chauffer la cervelle; et maintenant vous admettez mille folies. Sérieusement... Et rappelez-vous que c'est moi, qui, en sortant du théâtre, ai cherché sur l'affiche et vous ai dit le nom de Léa d'Arsay... Aussitôt a commencé votre enthousiasme; aujourd'hui c'est un amour platonique.»

Passe un monsieur élégant, avec à sa boutonnière une rose; il faudra, ainsi, que j'aie une fleur ce soir; je pourrais bien encore porter quelque chose à Léa. Chavainne se tait; ce garçon est sot. Eh oui, originale est l'histoire de mon amour; or, tant mieux. Une rue; la rue de Marengo; les magasins du Louvre; la file serrée des voitures. Chavainne:

—«Vous savez que je vous quitte au Palais-royal.»

Bon! Est-il désagréable. Toujours quitter les gens en route. Sous les arcades nous voici; près les magasins; dans la foule. Si nous marchions sur la chaussée? trop de voitures. Ici on se pousse; tant pis. Une femme devant nous; grande, svelte; oh, cette taille cambrée, ce parfum violent et ces cheveux roux luisants; je voudrais voir son visage; jolie elle doit être.

—«Venez avec moi ce soir au théâtre.» C'est Chavainne qui me parle. «Nous irons ensuite flâner une heure n'importe où.»

—«Je vous ai dit que j'avais un rendez-vous.»

La femme rousse s'arrête devant la vitrine; un fort profil de rousse, oui; une mine très éveillée; des yeux peints de noir; à son cou, un gros nœud blanc; elle regarde vers nous; elle m'a regardé; quels yeux provoquants. Nous sommes à côté d'elle; la superbe fille.

—«N'allons pas si vite.»

—«Votre rendez-vous n'empêche rien; puisque vous êtes décidé à ne pas rester chez mademoiselle d'Arsay, vous viendrez pour le dernier acte ou à la sortie, ou dans un lieu quelconque, et nous ferons une promenade nocturne.»

Est-ce qu'il se moque de moi?

—«Vous me raconterez ce que vous aurez dit à mademoiselle d'Arsay.»

Au fait, pourquoi pas; ce soir; en sortant de chez elle?

—«Ça ne vous va pas? Qu'est-ce que vous faites donc quand vous quittez votre amie?»

—«Vous êtes stupide, vraiment, mon cher.»

Nous nous taisons; je crois qu'il sourit; quelle niaiserie. La place du Palais-royal. Et la jeune femme rousse, où est-elle? disparue; quel ennui; je ne la vois pas. Chavainne:

—«Qu'est-ce que vous cherchez?»

—«Rien.»

Disparue. Tout cela par la faute de ce monsieur. Lui:

—«Je vais jusqu'au Théâtre-français; je veux voir l'heure du spectacle.»

Toujours son spectacle. Allons. Je voudrais pourtant, avant qu'il me quittât, lui conter ma journée d'aujourd'hui. Si gentiment Léa m'a reçu, en le petit salon un peu obscur des rideaux jaunes; elle avait son peignoir de satin clair; sous les larges plis soyeux, sa fine taille serrée; et le grand col blanc, d'où un rose de gorge; s'approchant à moi, elle souriait; et sur ses épaules, de sa tête pâlotte et blonde, les cheveux dénoués, en mèches dorées, tombaient; elle n'est point vieille, la chère, et si mignonne; dix-neuf ans, vingt peut-être; elle déclare dix-huit; exquise fille. Au long négligemment immobile du Palais-royal, au long du Palais nous allons. Elle m'a tendu sa main; moi, j'ai baisé son front; très chastement; sur mon épaule elle s'est penchée, et un instant nous avons demeuré; au travers des mous satins, dans mes mains, j'avais la douillette chaleur. Comme je l'aime, la très pauvre! Et tous ces gens qui passent, ici, là, qui passent, ah, ignorants de ces joies, tous ces gens indifférents, ah, quelconques, tous, qui marchent au près de moi.

—«Voici une affiche...» C'est Chavainne. «On commence à huit heures. Décidément, vous ne viendrez pas?»

—«Mais non.»

—«Au revoir alors; il faut que je rentre à la maison.»

— «Au revoir. Amusez-vous.»

L'excellent ami... Bon appétit, messieurs... De plaire à cette femme et d'être son amant... Dieu, j'étais avec l'ange... Lui:

— «Vous aussi, amusez-vous, et, surtout, pas de sottises.»

— «Soyez tranquille.»

— «Vous me direz ce que vous aurez fait.»

— «Oui. Au revoir.»

Poignées de mains. Il se retourne. Au revoir. Je vais monter l'avenue de l'Opéra; je dînerai au café du coin de l'avenue et de la rue des Petits-champs; j'aurai le temps d'arriver chez moi avant neuf heures. Le bureau de poste. Je devrais bien écrire à mes parents; je suis en retard; j'écrirai demain; demain, j'ai le cours de l'École-de-droit; pour les trois cours où je fréquente, je dois n'y pas manquer. Lucien Chavainne va ce soir au Français. Oui, un brave garçon; non assez simple; mais on peut commercer avec lui; lui parler; il comprend; il est de bon goût et élégant; et véritable ami; on a du plaisir à se rencontrer avec lui; la prochaine fois, je lui dirai les raisons toutes de ma tenue; c'est dommage que je ne lui aie pas davantage expliqué mon après-midi; peut-être eût-il deviné tout le charme inclus en mon amour; mais il est si fermé à ces choses; avoir, par fois, quelques heures de bonne intimité, causer, dire et faire des riens, embrasser ses minces mains, et, aux jours de licence, ses yeux; hélas, hélas, ses mains et ses yeux; ses mains, ses yeux, ses lèvres. Hélas, quand donc, oh, quand aimerait-elle? quand se donnerait-elle? et quand ses lèvres? Deux mois, il y a deux mois; non, c'était à la fin, eh non, à la moitié de février; et voilà deux mois depuis notre premier, notre unique embrassement; hélas, et si anciennement. Point heureuse elle n'est. On allume les candélabres de gaz dans l'avenue; c'est que le soir croît. Comment sera-telle, au retour? en le long cachemire bleu, sans doute, avec pendante la longue tresse de ses cheveux; elle était, cette fois, ingénue, une fillette; ou la caressante fille aux velours chauds, elle était blanche alors, blanche pallidement, d'une pâle blancheur de séductrice; et ce fut vous encore, mon amie, rieuse follement, égayeuse des soirs; elle était de noir vêtue, et si drôlement majestueuse; c'est les variées formes dont elle est manifeste; le jour où fraîche, et les cheveux plats, rosée, elle sortait du bain; elle, la même; la même, la pitoyable idéalement apparue, une nuit, dans les pitiés qui transfigurent. Je devrais davantage l'aider; ma mère me donnera bien à Pâques quelque argent; tout s'arrangera. Le coin de la rue des Petits-champs; le café, éclairé déjà; mais les boutiques toutes sont éclairées dans l'avenue; comme vite le soir arrive! «Café Oriental... restaurant». De l'autre côté, le bouillon Duval; pour économiser, si j'allais là? économiser me serait utile; le café est vraiment mieux, et la différence des prix n'est guère; on est aussi bien au bouillon, moins à l'aise, mais aussi bien; tant pis, je m'offre le luxe du café. À l'intérieur, les lumières, le reflet des rouges et des dorés; la rue plus sombre; sur les glaces une buée. «Dîners à trois francs... bock, trente centimes». Jamais Léa ne voudrait dîner là. Entrons. Un peu il faut relever les pointes de mes moustaches, ainsi.

II

Illuminé, rouge, doré, le café; les glaces étincelantes; un garçon au tablier blanc; les colonnes chargées de chapeaux et de par-dessus. Y a-t-il ici quelqu'un connu? Ces gens me regardent entrer; un monsieur maigre, aux favoris longs, quelle gravité! Les tables sont pleines; où m'installerai-je? là-bas un vide; justement ma place habituelle; on peut avoir une place habituelle; Léa n'aurait pas de quoi se moquer.

— «Si monsieur...»

Le garçon. La table. Mon chapeau au porte-manteau, retirons nos gants. Il faut les jeter négligemment sur la table, à côté de l'assiette; plutôt dans la poche du par-dessus; non, sur la table; ces petites choses sont de la tenue générale. Mon par-dessus au porte-manteau; je m'assieds; ouf; j'étais las. Je mettrai dans la poche de mon par-dessus mes gants. Illuminé, doré, rouge, avec les glaces, cet étincellement; quoi? le café; le café où je suis. Ah, j'étais las. Le garçon:

— «Potage bisque, Saint-Germain, consommé...»

— «Consommé.»

— «Ensuite, monsieur prendra...»

— «Montrez-moi la carte.»

— «Vin blanc, vin rouge...»

— «Rouge.»

La carte. Poissons, sole... Bien, une sole. Entrées, côte de pré-salé... non. Poulet... soit.

— «Une sole; du poulet; avec du cresson.»

— «Sole; poulet cresson.»

Ainsi je vais dîner; rien là de déplaisant. Voilà une assez jolie femme; ni brune, ni blonde; ma foi, air choisi, elle doit être grande; c'est la femme de cet homme chauve qui me tourne le dos; sa maîtresse plutôt; elle n'a pas trop les façons d'une femme légitime; assez jolie, certes. Si elle pouvait regarder par ici; elle est presque en face de moi; comment faire? À quoi bon? Elle m'a vu. Elle est jolie; et ce monsieur paraît stupide; malheureusement je ne vois de lui que le dos; je voudrais connaître sa figure; il est un avoué, un notaire de province; suis-je bête! Et le consommé? La glace devant moi reflète le cadre doré; le cadre doré qui, donc, est derrière moi; ces enluminures sont vermillonnées; les feux de teintes écarlates; c'est le gaz tout jaune clair qui allume les murs; jaunes aussi du gaz, les nappes blanches, les glaces, les brilleries des verreries. Commodément on est; confortablement. Voici le consommé, le consommé fumant; attention à ce que le garçon ne m'en éclabousse rien. Non; mangeons. Ce bouillon est trop chaud; essayons encore. Pas mauvais. J'ai déjeuné un peu tard, et je n'ai guère de faim; il faut pourtant dîner. Fini, le potage. De nouveau cette femme a regardé par ici; elle a des yeux expressifs et le monsieur paraît terne; ce serait extraordinaire que je fisse connaissance avec elle; pourquoi pas? il y a des circonstances si bizarres; en d'abord la considérant longtemps, je puis commencer quelque chose; ils sont au rôti; bah, j'aurai, si je veux, achevé en même temps qu'eux; où est le garçon, qu'il se hâte; jamais on n'achève dans ces restaurants; si je pouvais m'arranger à dîner chez moi; peut-être que mon concierge me ferait faire quelque cuisine à peu de frais chaque jour. Ce serait mauvais. Je suis ridicule; ce serait ennuyeux; les jours où je ne puis rentrer, qu'adviendrait-il? au moins dans un restaurant on ne s'ennuie pas. Et le garçon, que fait-il? Il arrive; il apporte la sole. C'est étrange comme divers de ces poissons ont des dimensions diverses; cette sole est bonne à quatre bouchées; d'autres sont qu'on sert à dix personnes; la sauce y est pour quelque chose, c'est vrai. Entamons celle-ci. Une sauce aux moules et aux crevettes serait fameusement meilleure. Ah, notre pêche de crevettes là-bas; la piteuse pêche, et quel éreintement, et les jambes mouillées; j'avais pourtant mes gros souliers jaunes de la place de la Bourse. On n'a jamais fait d'éplucher un poisson; je n'avance pas. Je dois cent francs, et plus, à mon bottier. Il faudrait tâcher à apprendre les affaires de Bourse; ce serait pratique; je n'ai jamais compris ce qu'était jouer à la baisse; quel gain possible, sur des valeurs en baisse? supposons que j'aie cent mille francs de

Panama, et qu'il baisse; alors je vends; oui; eh bien? je rachèterai donc à la prochaine hausse; non; je vendrai. Ce gros avoué qui mange, me devrait enseigner. Il n'est peut-être point avoué ni notaire. Ah, ces arrêtes; rien n'est à manger de cette sole; elle est savoureuse pourtant; laissons ces débris. Sur le banc, contre le dossier, je me renverse; encore des gens qui entrent; tous hommes; un qui semble embarrassé; l'étonnant par-dessus clair; depuis beaucoup de saisons on n'en porte plus de tel. J'ai laissé un appétissant petit morceau de sole; bah, je ne vais pas, le prenant, me rendre ridicule. Excellent serait ce petit morceau, blanc, avec les raies qu'ont marquées les arrêtes. Tant pis; je ne le mangerai pas; de ma serviette je m'essuie les doigts; un peu rude, ma serviette; neuve peut-être. La femme de l'avoué vient de se tourner; on dirait qu'elle m'a fait un signe; elle a des yeux superbes; comment ferais-je pour lui parler? Elle ne regarde plus. Écrirais-je un billet; c'est m'exposer à une déconvenue; pourtant elle annonce une facile connivence; je lui montrerais le billet; si elle le voulait prendre, elle s'arrangerait à le prendre; je puis en tout cas faire le billet. Et après? je dois rentrer, m'habiller, être au théâtre avant neuf heures; c'est insupportable, toutes ces histoires.

— «Monsieur a fini...»

— «Oui. Apportez-moi le poulet.»

— «Monsieur...»

Un peu de vin. Vide est la banquette en face; entre la banquette et la glace, une maroquinerie. Il faut, en tout cas, que j'essaie l'effet d'un billet. Mon porte-cartes; une carte avec mon adresse, cela est plus convenable; mon porte-crayon; très bien; Quoi écrire? Un rendez-vous à demain. Je dois indiquer plusieurs rendez-vous. Si l'avoué savait à quoi je m'occupe, l'honnête avoué. J'écris: «Demain, à deux heures, au salon de lecture du magasin du Louvre...» Le Louvre, le Louvre, pas très high-life, mais encore le plus commode; et puis où ailleurs? Le Louvre, allons. À deux heures. Il faut un assez long délai; au moins depuis deux heures jusqu'à trois; c'est cela; je change «à» en «depuis» et je vais ajouter «jusqu'à trois.» Ensuite «je... je vous attendrai...» non «j'attendrai»; soit; voyons. «Demain, depuis deux heures, au salon de lecture du magasin du Louvre, jusqu'à trois, j'att.....» Ça ne va pas du tout; comment mettre? Je ne sais. Si; à deux heures, au salon... et cœtera... jusqu'à trois heures j'attendrai... Mettons jusqu'à quatre heures; oui; j'emporterai un livre; justement le roman de chose, le journaliste; je ne sais pourquoi je l'ai acheté l'autre soir; mais, puisque je l'ai acheté, je verrai ce que c'est; je m'installerai et j'attendrai tranquillement; il y a quelques fois des courants d'air; rarement; non, il n'y a pas de courants d'air. Et cette carte que je n'écris pas; continuons. «J'attendrai jusqu'à...» mais il faut remettre «à» au lieu de «depuis»; «demain, à deux heures...» Ma carte va être chargée de ratures, dégoûtante, illisible: c'est absurde; je vais m'enrhumer dans cet odieux cabinet de lecture plein de courants d'air; et d'abord cette femme ne prendra pas mon billet. Je le déchire; en deux, la carte; encore en deux, cela fait quatre morceaux; encore en deux, cela fait huit; encore en deux; là, encore; plus moyen. Eh bien, je ne puis pas jeter ces morceaux à terre; on les retrouverait; il faut un peu les mâcher. Pouah, c'est dégoûtant. À terre; ainsi, certes, on ne lira pas. Cette femme rit; elle n'a cependant pas, tout à l'heure, une seule fois regardé; elle regarde maintenant; elle rit; elle parle au monsieur; la jolie, jolie, jolie fille. Ce papier mâché est horrible; buvons un peu; l'affreux goût diminue. Voyons le menu; petits-pois, asperges; non; glace, glace au café; soit; j'ai si peu d'appétit. Desserts, fromages, meringues, pommes. Le garçon sert le poulet; bonne mine, le poulet.

—«Vous me donnerez, garçon, une glace au café; ensuite, vous avez du fromage, du camembert?»

—«Oui, monsieur.»

—«Du camembert alors.»

Au poulet; c'est une aile; pas trop dure aujourd'hui; du pain; ce poulet est mangeable; on peut dîner ici; la prochaine fois qu'avec Léa je dînerai chez elle, je commanderai le dîner rue Croix-des-petits-champs; c'est moins cher que dans les bons restaurants, et c'est meilleur. Ici, seulement, le vin n'est pas remarquable; il faut aller dans les grands restaurants pour avoir du vin. Le vin, le jeu,—le vin, le jeu, les belles,—voilà, voilà... Quel rapport est entre le vin et le jeu, entre le jeu et les belles? je veux bien que des gens aient besoin de se monter pour faire l'amour; mais le jeu? Ce poulet était remarquable, le cresson admirable. Ah, la tranquillité du dîner presque achevé. Mais le jeu... le vin, le jeu,—le vin, le jeu, les belles...

Les belles, chères à Scribe. Ce n'est pas du Châlet, mais de Robert-le-Diable. Allons, c'est de Scribe encore. Et toujours la même triple passion... Vive le vin, l'amour et le tabac... Il y a encore le tabac; ça, j'admets... Voilà, voilà, le refrain du bivouac... Faut-il prononcer taba-c et bivoua-c, ou taba et bivoua? Mendès, boulevard des Capucines, disait dom-p-ter; il faut dom-ter. L'amour et le taba-c... le refrain du bivoua-c... L'avoué et sa femme s'en vont. C'est insensé... ridicule... grotesque... je les laisse partir...

—«Garçon!»

Je vais payer tout de suite et les rattrapper. Voilà qu'ils sortent.

—«Garçon!»

Le garçon n'est pas là; c'est écœurant; je suis stupide; une occasion pareille; je n'en fais jamais d'autres; une femme miraculeuse. Elle n'a pas regardé par ici en se levant; parbleu, c'est naturel. Ils partent. Ç'aurait été magnifique; je l'aurais suivie; j'aurais su où elle allait; je serais bien arrivé à quelque chose. Quelle rue a-t-elle pu prendre? ils ont tourné à droite; elle a monté l'avenue de l'Opéra. Est-ce qu'il y a opéra? certes, aujourd'hui lundi. Il sera utile que j'y conduise bientôt ma petite Léa; elle en sera contente.

—«Monsieur a appelé?»

Le garçon; qu'est-ce qu'il veut? j'ai appelé? Assurément.

—«Je suis un peu pressé... n'est-ce pas...»

—«Très bien, monsieur.»

Ce garçon à l'air de se moquer de moi. Je suis en effet bien sot. Et pourquoi m'occuper d'autres femmes? n'ai-je pas ma part? à quoi bon une autre? chercher, se fatiguer? Encore des gens qui sortent. Je resterai toute la soirée à dîner. La glace; bravo; goûtons; lentement; cela se déguste; cette fraîcheur; le parfum de café; sur la langue et le palais la fraîcheur parfumée; on ne peut guère avoir ces choses-là chez soi. Comme il doit être las, le bonhomme qui menait son fils voir manger les glaces de Tortoni. Tortoni; je n'y ai jamais mis un pied; n'être jamais entré chez Tortoni; ça vous manque; sur l'air de la Dame-blanche, ça vous manque,—ça vous manque... Cette glace est finie; tant pis. Le garçon a apporté le fromage sans que je l'observe. Il faut d'abord boire un peu d'eau. Dans douze ou quinze jours j'irai en province; s'il fait beau, ils seront, toute la famille, à leur maison de campagne du Quevilly; en avril le temps n'est pas assez chaud pour qu'on aille à la campagne. Je laisse ce fromage; je n'ai plus faim. Que c'est agaçant, toujours dîner au restaurant; personne ici à qui parler; personne à voir; pas une femme à regarder; depuis huit jours, pas une femme; un tas de messieurs quarts de chic; ils viennent ici par gueuserie; des décavés; puis des avoués de province qui se croient chez Bignon. Trois francs et dix sous de pourboire; et bonsoir. Je me lève; je revêts mon par-dessus; le garçon feint m'y aider; merci; mon chapeau; mes gants, là, dans ma poche; je pars. Voici une table où j'eusse été mieux, à droite, près la colonne; des gens qui boivent des bocks; les grandes portes, massives, en glaces; un garçon m'ouvre la porte; bonsoir; il fait froid; boutonnons mon par-dessus; c'est le contraste à la chaleur du dedans; le garçon referme la porte; «bock, trente centimes... dîners à trois francs».

III

La rue est sombre; il n'est pourtant que sept heures et demie; je vais rentrer chez moi; je serai aisément dès neuf heures aux Nouveautés. L'avenue est moins sombre que d'abord elle ne le semblait; le ciel est clair; sur les trottoirs une limpidité, la lumière des becs de gaz, des triples becs de gaz; peu de monde dehors; là-bas l'Opéra, le foyer tout enflammé de l'Opéra; je marche le côté droit de l'avenue, vers l'Opéra. J'oubliais mes gants; bah, je serai tout-à-l'heure à la maison; et maintenant on ne voit personne. Bientôt je serai à la maison; dans... d'ici l'Opéra, cinq minutes; la rue Auber, cinq minutes; autant, le boulevard Haussmann; encore cinq minutes; cela fait dix, quinze, vingt minutes; je m'habillerai; je pourrai partir à huit heures et demie, huit heures trente-cinq. Le temps est sec; agréable est marcher après dîner; à ce moment du soir, jamais beaucoup de gens dans l'avenue. Léa sort du théâtre à neuf heures, entre neuf heures et neuf heures un quart. Que ferons-nous? un tour en voiture; oui, nous irons par le boulevard aux Champs-élysées, jusqu'au Rond-point; plutôt jusqu'à l'Arc-de-triomphe, pour revenir chez elle par les boulevards extérieurs; le temps est si doux; elle me laissera bien prendre sa main; elle aura sans doute sa toilette de cachemire noir; j'aurai soin à ce que nous ne rentrions pas trop tard; certainement, elle me priera pour que je reste un peu; je verrai son fin sourire de frais démon; lente, elle fera sa toilette du soir; — asseyez-vous, dans le fauteuil, et soyez sage; — elle me parlera, dans un beau geste cérémonieux; je répondrai, semblablement, — oui, ma demoiselle; je m'assoirai dans le fauteuil; le bas fauteuil en velours bleu, à la bande large brodée; là elle s'est posée sur mes genoux, il y a quinze jours; et je m'assoirai dans le bas fauteuil, au près d'elle, en face de l'armoire-à-glace; elle sera debout, et mettra son chapeau sur la table de peluche; par des petits coups ajustant ses cheveux, à droite, à gauche, avec des pauses, se considérant, devant, derrière, par des petits coups, me regardant, riant, faisant des grimaces, gamine; quelle joie! ainsi dans sa robe noire et son corsage noir de cachemire; point grande; petite non plus, malgré qu'elle paraisse petite; non, ce n'est pas petite qu'elle paraît, mais jeune, tout jeune; et si potelée; ses larges hanches sous sa mince taille, bombées, mollement descendantes; sa fiérote poitrine, qui si bien dans les hauts moments palpite; et son visage d'enfant maligne; ses tout blonds cheveux et ses grands yeux; l'adorable, ma Léa. Ah, la chère pauvre, je veux l'aimer, et d'un dévot amour, comme il faut aimer, non comme les autres aiment, altièrement. Quand nous rentrerons, il sera dix heures au moins. Sept heures trente-cinq à l'horloge pneumatique. L'Opéra. La terrasse du café de la Paix est pleine; nul que je connaisse; l'Opéra; la rue Auber; la maison où demeure monsieur Vaudier; deux mois déjà que je n'ai dîné chez lui; peut-être voyage-t-il; est-il riche! ah, posséder pareille fortune; combien peut-il avoir? on m'a dit un million de rente; cela fait, en minimum, un capital d'une vingtaine de millions; presque cent mille francs par mois; non; un million divisé par douze, soit cent divisé par douze... zéro, reste... supposons quatre-vingt-seize, neuf cent soixante mille francs; quatre-vingt-seize divisé par douze donne huit, quatre-vingts; quatre-vingt mille francs par mois. Je voudrais que Léa eût un extraordinaire hôtel; la tendre fillette; si j'avais cette fortune; ce soir; supposons; subitement j'aurais hérité; c'est si amusant, arranger ainsi les choses; donc le notaire m'aurait remis les titres; j'aurais d'argent, or et billets, tout de suite, une centaine de mille francs; comme d'usage j'irais chez Léa; comme si rien n'était; je lui dirais tout-à-coup—voulez-vous nous en aller, Léa? partons les deux; je vous emmène; je t'enlève, tu m'enlèves... non, soyons sérieux; je lui dirais quelque chose comme—voulez-vous venir? Certainement elle serait étonnée; elle me dirait qu'elle ne peut pas;—pourquoi? elle me ferait comprendre qu'elle ne saurait tout quitter; très simplement, très naturellement, je lui répondrais—oh ne vous en préoccupez plus; j'ai eu quelque chance; je puis vous aider; si vous avez quelques dettes, quelques engagements, voulez-vous me permettre que je vous facilite votre départ... Cela est bien; voulez-vous me permettre que je vous facilite votre départ. Sur un meuble je mettrais dix mille francs; et—si davantage vous est nécessaire, vous me le direz... Dix mille francs; ou cinq mille seulement; non; pour commencer, vaut mieux dix mille; et puis, si facile ce me serait. Vingt mille? ce serait absurde; mais dix mille, c'est cela. Qu'elle serait stupéfaite, et contente.—Voulez-vous que nous partions? lui dirai-je.—Comment? partir?—Oui, laissez, abandonnez ceci; au centuple vous le retrouverez; les deux, de ceci oh sauvons-nous, partons, venons-nous en. Et je la prendrais dans mes bras; je baiserais ses cheveux; je l'emporterais; et tout bas, tout bas, elle voudrait bien; ce serait ainsi qu'en le Fortunio de Gautier, mais

Fortunio met le feu aux rideaux, et parmi les flammes, enlève son amante nue; ayant un million de rentes, je pourrais le luxe d'être un peu fou. L'Éden-théâtre; les rampes de gaz; les lampes électriques; des marchands de programmes; un gamin ouvre la portière d'un fiacre; quel besoin a-t-on qu'un gamin ouvre la portière de votre fiacre? Là-bas les magasins du Printemps; sur le trottoir pas un chat; d'ordinaire sont ici des filles, insupportables à arrêter les gens; pas une ce soir; triste est la rue. Revenons à la question; je veux m'amuser à songer comment j'arrangerais les choses si je devenais riche; oui; arrangeons cela, tout en marchant. Donc, je serais devenu riche; mais comment? à quoi bon l'enquérir? simplement, la chose serait. Je disais donc que je serais devenu riche; j'aurais ce soir ma fortune, et beaucoup d'argent dans ma poche. Je ne souhaite pas le grand train de maison; j'aurais un appartement de garçon et installerais dans un hôtel Léa; volontiers je garderais mon quatrième de la rue du Général-Foy; une chose en ce genre, mais mieux; avoir le train chez soi d'un garçon d'une trentaine de mille francs de rentes et chez sa maîtresse dépenser son million annuel; je me voudrais un petit rez-de-chaussée; dans une maison quartier Monceau nécessairement; cinq ou six chambres; entrée par une porte cochère; puis deux marches; la porte; un vestibule; sur le devant, un petit salon, une salle-à-manger, un fumoir; derrière, la cuisine, les privés, un grand cabinet-de-toilette et la chambre-à-coucher; la chambre-à-coucher ouvrant sur une cour-jardin. Il faudrait que le vestibule ne fût pas minuscule; j'en ferais une sorte de serre; de la longueur de l'appartement il serait incommode; mieux il s'arrêterait à la hauteur de la salle-à-manger; ainsi entre le salon et la chambre un second vestibule séparé du premier par une porte, plutôt par une portière; et les demoiselles qui, bien cachées, fileraient derrière la portière! Comment meubler tout cela? nul luxe banal; à ma manière; j'ai toujours rêvé une chambre-à-coucher en blanc et sans meubles; au milieu, un lit carré; en cuivre, plutôt qu'en étoffe, le cuivre convenant au blanc; les murs tendus d'étoffes, satins, cachemires, soieries blanches; aussi le plafond; à terre, des peaux blanches; d'ours blanc, parbleu; et, surtout, pas de meubles; les armoires dans le cabinet-de-toilette; ici rien que des divans... Voilà que je ne sais plus maintenant où je suis ni ce que je fais; ah, bientôt le boulevard Haussmann. À gauche, la porte du salon; à droite, la fenêtre; en avant, la porte du cabinet-de-toilette; en face, le lit; la cheminée? en avant, au lieu de la porte du cabinet-de-toilette;

et cette porte? poussée vers le coin; ou pas de cheminée; ou la cheminée dans le coin; là, dans le coin, au milieu du plafond encore, une veilleuse en albâtre, un peu comme dans la chambre de Léa. Le cabinet évidemment en marbre. Faudrait-il que le vestibule fût en marbre? Tout au long du mur, des arbustes. Comment éclairer ce vestibule? un vasistas n'est pas propre. Et puis, je voudrais la maison devant une rue tranquille. Serait parfait, devant la maison, un ou deux mètres de jardin, sur la rue; un petit mur avec une grille; une grille nue; le jardinet; quelques lilas seulement, quelques feuillages, je ne sais quoi; quelle largeur? un mètre ou un mètre et demi; je suis fou; deux ou trois mètres. Cela dépend si de l'appartement une porte ouvrira sur le jardin; peu utile; mais non gênant, pourvu que ce soit de la salle-à-manger; à l'occasion, agréable; alors, trois ou quatre mètres de jardin. Voyons; trois mètres, donc trois grands pas; un, deux, trois; oui, c'est cela. Quand je voudrais dîner à la maison, mon domestique l'organiserait avec quelque Chevet; vivre en un mode ordinaire est précieux; d'ailleurs, je demeurerais ordinairement avec Léa; de temps en temps, je l'emmènerais dans mon petit rez-de-chaussée; une escapade; si gentiment, là, nous nous aimerions, dans notre chambre blanche, parmi les peaux d'ours blancs. Ce soir, nous nous serions enfuis ensemble; dans deux heures j'arriverais chez elle; j'aurais en poche mes vingt-cinq mille francs; comme d'usage j'arriverais. Mais ce n'est pas chez elle, c'est à son théâtre que je vais; ça ne fait rien...

— «Bonsoir, monsieur.»

Quoi? Une fille. Si je fais le semblant de la regarder, elle m'arrête.

— «Monsieur...»

Une averse de patchouli; Dieu! passons vite. Ah, Léa, Léa, ma belle, bonne, belle petite Léa; comme tu serais heureuse et comme ce serait fini, les jours mauvais, et comme nous nous aimerions! lorsque je te dirais que je suis, pour toi, devenu riche, et quand ensemble nous nous enfuirions, ce soir. Où irions-nous? chez moi d'abord, et demain nous partirions en voyage; la journée de demain à nous équiper; le départ peut-être après-demain seulement; jusque là, chez moi, ensemble; et ainsi, donc, ce soir, vers neuf heures tout, communement, au théâtre j'arriverais; je l'attends; elle sort; je la salue; elle s'approche; je lui dis — bonsoir, ma demoiselle... À gauche, dans la rue latérale, ce jeune homme, grand, maigre, au court pardessus noir, au chapeau haut? C'est Paul Hénart. Il vient vers ici. Ah, Paul Hénart; toujours correct; et toujours sa canne de fin jonc; il m'aperçoit, me fait signe...

— «Bonjour.»

— «Bonjour. Vous rentrez chez vous?»

— «Oui. Vous vous portez bien?... Vous allez vers ce côté?»

— «Oui; je vous accompagnerai jusqu'à Saint-Augustin.»

— «Très bien. Et quoi de nouveau?»

— «Rien, rien encore.»

Je me réjouis de le revoir; un très vieil, très honnête, très cordial ami; très convenable; gentleman; j'aurais en lui de la confiance; très honnête; très cordial. Nous marchons au long du boulevard. Il est bien de sa personne, sans affectations. Où allait-il? Je le lui demande.

— «Vous n'allez point par ce chemin chez vous?»

— «Non; je vais rue de Courcelles.»

Mais, c'est sa vieille histoire de mariage; encore cela dure?

— «Rue de Courcelles? Vous allez chez cette dame, dont la demoiselle...»

— «Justement.»

— «Vous m'en avez vaguement parlé; il y a un temps indéfini; où en êtes-vous?»

— «Je vais bientôt me marier.»

— «Vraiment?»

— «Vraiment. Cela vous étonne?»

— «Non.»

Se marier; épouser une femme aimée; pouvoir épouser une femme qu'on aime; l'avoir. On trouverait donc ces choses, se marier, être ensemble, avoir sa femme...

— «Non» dis-je «cela ne m'étonne pas... Mais comment la chose s'est-elle fait si vite?»

Il va se marier. Quel garçon avec son amour, son mariage, ces histoires qui n'arrivent qu'à lui!

— «Que voulez-vous que je vous dise?» me répond-il. «J'aime une jeune fille qui m'aime et je vais l'épouser.»

— «Et vous êtes heureux.»

— «Heureux.»

— «Vous avez de la chance.»

— «Je me suis rencontré à une femme digne et capable d'amour.»

Il semble se croire seul aimé et qui aime. Je me rappelle pourtant...

— «Mon cher Hénart, si je me rappelle bien deux ou trois mots que vous m'en avez dits, c'est tout par hasard que vous l'avez connue, cette jeune fille.»

— «Tout par hasard, certes; je l'ai vue pour la première fois, un jour, dans un jardin, avec deux autres jeunes filles; je passais, un peu flânant; elle était là, si fraîche, si simple: il y a plus de six mois déjà; j'ai su où elle demeurait, puis son nom, ce qu'elle était... Voilà.»

Voilà; il l'avoue; dans un jardin; trois jeunes filles; je me suis assis en face d'elles; j'ai tiré mon lorgnon; je l'ai suivie; voilà.

— «Et quand un mathématicien se sent une fois amoureux, tout est perdu. Vous lui avez parlé?»

— «Pas tout de suite. Elle m'avait remarqué; elle me l'a dit plus tard. Je sus qu'elle demeurait avec sa mère. Vous devinez le reste.»

—«Oui. Vous lui avez remis des billets.»

—«Non. J'ai enfin eu l'ami d'un ami qui m'a mis en relation avec ces dames.»

Du proxénétisme.

—«Et vous êtes content?»

—«J'ai connu une fille au cœur profond; non enfantine, non folle; une sérieuse fille, à l'âme sûre, de peu de paroles, aux regards constants, une véridique femme. J'allai chez sa mère; sa mère, ah, si bonne; elle comprit, et elle eut confiance, la chère, brave et admirable maman. Une histoire, n'est-ce pas, de madame de Ségur. La maman use ses soirées à tricoter, comme au vieil âge; elle joue aussi du piano; Élise et moi, nous bavardons...»

Quelle candeur.

—«Et cela dure depuis six mois?»

—«Depuis cinq à six mois. Un soir, nous nous sommes promis que nous nous marierions; elle était toute en blanc, assise dans un fauteuil; moi près elle, sur une petite chaise; c'était dans un coin de leur salon; la maman souvent s'obstine à déchiffrer des morceaux difficiles; du Iansen par exemple; Élise me dit, absolument immobile, très bas, avec l'air de ne pas remuer ses lèvres, et comme si quelque autre divine et qui eût été elle, eût parlé, elle me dit—le premier soir où vous êtes ici venu, j'aurais si j'avais osé dit Oui... et elle me dit—mon ami, je serai votre femme... Elle m'a dit ces mots, cela. Vous voyez la scène? Alors la maman s'est tournée; elle nous regarda et elle s'écria—eh bien, mes enfants, nous vous marierons; ne vous gênez pas... Ah, ah, ah... et elle se mit à rire, d'un rire si gai, si franc; et... et cœtera, et cœtera.»

C'est la moralité de l'histoire.

—«Très bien, très bien, mon cher Hénart. C'est très gentil de vous, me conter ces choses. Et vous allez vous marier?»

—«Cet été, je l'espère.»

— «A-t-elle un peu de fortune?»

— «La maman a de quoi vivre décemment; moi, depuis que je suis à la Compagnie-du-nord, je gagne quelque argent.»

— «Très bien, très bien. Elle a vingt ans, ne disiez-vous pas, vous vingt-sept?»

— «J'ai en elle» il me parle à voix très basse «en elle j'ai l'honneur et la raison de ma vie; je vais être son mari; et je vis une joie certaine, infinie, ainsi qu'une entrée dans le ciel.»

Une joie certaine; infinie; le ciel; son mari; une femme; une joie infinie. Nous marchons, Paul et moi, dans les rues. En face de nous, le boulevard Malesherbes; les arbres; les lumières; les rues désertes; une pâle brise. Je voudrais être là-bas, à la campagne, chez mon père, dans les champs nocturnes seul, seul, oh seul à marcher; si bon il fait, la nuit, parmi les seules campagnes, à aller, un bâton à la main, tout droit, rêvant des choses possibles, en le silence, dans les grandes seules campagnes, sur les profondes routes, si bon il fait, si bon... Nous marchons, Paul et moi, à côté.

— «Vous êtes heureux, mon cher Hénart.»

— «Je vous souhaite quelque chose telle; je vais, tout-à-l'heure, revoir ma bonne future femme; elle m'attend sans en avoir l'air; sa maman se moquerait d'elle. Mais nous voici à Saint-Augustin. Vous remontez l'avenue Portalis?»

— «Oui; il faut que je rentre.»

— «Vous n'avez rien dans le cœur? je parie, au contraire...»

— «Oh, des bêtises. Bonsoir, Paul.»

— «Bonsoir.»

— «Vous viendrez me voir?»

— «Un matin, j'irai vous éveiller, si ce n'est indiscret.»

— «Ne le craignez pas, mon ami.»

— «Bonsoir.»

— «Bonsoir.»

Nous nous quittons. Il va là-bas. Oh lui! Est-ce, n'est-ce pas un heureux? il connaît un entier amour, un mutuel amour. Il s'imagine que je cours les filles. Un mutuel amour, total. Ah, il se croit, donc il est heureux; heureux comme nul ne le fut peut-être; le seul serait-il qui eût tenté ce qu'est l'amour. Certes, il le croit. Et pourtant! c'est extraordinaire, croire de telles choses; et sur quelles raisons! Rue de Courcelles; Élise; la maman; et qui, mon Dieu! une demoiselle à qui, un beau jour, il s'est rencontré par hasard; qui fréquente avec deux amies dans un jardin; qu'il a suivie; qui a reçu ses billets; chez qui, pendant six mois, il s'est fait bien candide; et qui tout de suite lui aurait dit oui, s'il avait osé. Et la maman; une petite rentière; une veuve assurément; une veuve d'officier; la maman qui feint déchiffrer du Iansen; la romance de l'éternel amour; je serai votre femme; pourquoi pas tout de suite dans la chambre; qu'est-ce alors qu'il eût dit, notre ingénieur? Ah, ah, ah; elles ont joué serré. Et lui qui va s'imaginer, qui s'imagine, qui peut s'imaginer qu'il aime; qui ne s'aperçoit pas sa dupe; qui ne devinerait pas qu'en deux mois ce caprice lui sera passé; et qui épouse. Les vrais amours ne vont pas ainsi, ainsi ne s'instituent-ils pas, ainsi ne naissent-ils pas, et ce n'est pas, un cœur pris, au parc Monceau, un jour qu'on flâne, et quand on suit les petites modistes et les filles de veuve, pour jouer, devant trois beautés, les Paris... La porte de ma maison; me voici arrivé... L'amour pour de bon? farceur! l'amour pour de bon? moi, moi, moi, sacrebleu.

IV

— «Monsieur.»

On m'appelle; le concierge; il tient une lettre.

— «La femme-de-chambre qui est venue déjà plusieurs fois a apporté cette lettre pour monsieur, il y a un quart d'heure. Elle a dit que c'était pressé.»

Sans doute une lettre de Léa.

— «Donnez... Merci.»

Oui, une lettre de Léa; vite.

«Mon cher ami, n'allez pas ce soir me chercher au théâtre. Venez directement à la maison vers dix heures. Je vous attendrai. Léa.»

Insupportable; toujours des changements; on ne sait jamais ce qu'on fera; on s'arrange pour ceci, et c'est cela; la même comédie éternellement; pourquoi ne veut-elle pas que je l'aille chercher au théâtre? pour qu'on ne la voie pas avec moi? quelque nouveau venu sans doute? Peut-être aussi qu'elle eût été en retard; peut-être a-t-elle un motif. Le troisième étage ou seulement le second?... le bec de gaz; c'est le second étage. Cette fille est désespérante; heureux encore que j'aie été averti; envoyer sa femme-de-chambre à sept heures; je pouvais ne plus rentrer; c'est absurde; si je n'avais pas eu son billet et si elle m'avait vu au théâtre, elle m'aurait fait une scène effroyable; non, elle va craindre ma présence et elle sortira par une autre porte; il y a vingt-cinq portes à ces théâtres; et quelle figure aurais-je jouée là-bas; elle savait, certes, qu'auparavant je devais passer chez moi; enfin... Ma porte; ouvrons; l'obscurité; les allumettes sont à leur place; je frotte... attention... la porte du salon; j'entre; la cheminée; le bougeoir y est; j'allume la bougie; au cendrier l'allumette; tout est à sa place; la table; pas de lettres; si; une carte de visite; cornée; qui est venu? — Jules de Rivare... Ah, quel dommage; ce vieil ami; nous étions à côté l'un de l'autre dans l'étude de philosophie; était-il sage! Il est venu aujourdhui; le concierge ne me dit rien; ce cher de Rivare séjourne donc à Paris; avec sa moustache noire et son air d'officier de cavalerie; un aussi qui a de la tenue; il reviendra; est-il étourdi de ne pas me dire où il loge; ah, derrière sa carte, je ne pensais pas à regarder, il y a un mot... «Je t'attends pour déjeuner demain; rendez-vous, onze heures, hôtel Byron, rue Laffitte.» J'irai, j'irai. Et mon cours de droit à deux heures? si je n'ai pas le temps d'y aller, je n'y irai pas. Il doit être riche, ce vieux de Rivare; ces noblesses de province; hm; qui sait? Demain, à onze heures, rue Laffitte. Pour le moment, il faut que je m'habille pour aller chez Léa; j'ai plus d'une heure et demie, tout le temps de me disposer. Sur une chaise, mon par-dessus et mon chapeau. J'entre dans ma chambre; les deux bougeoirs en cigognes à doubles branches; allumons; voilà... Qu'est-ce que je vais faire? La chambre; le blanc du lit dans le bambou, à gauche, là, à gauche de moi; et la tenture d'ancienne tapisserie au-dessus du lit, les dessins rouges, vagues, estompés, bleus violacés, atténués, un nuancement noirâtre de rouge noir et de bleu noir, une usure de tons; au cabinet-de-toilette est nécessaire un paillasson neuf; j'en choisirai un au Bon-marché; avenue de l'Opéra ce vaut autant et ce m'accomode mieux. Je vais faire ma toilette. À quoi bon? je ne dois pas rester chez Léa, je dois revenir ici; qui sait pourtant ce qui peut arriver; qui sait comment se peuvent tourner les choses, ce que peut amener l'occasion. Ah, quand sera le jour de notre amour! N'importe; je ferai ma toilette; j'ai le temps, et plus que de nécessaire; en vingt minutes je serai chez elle; inutile que je me hâte; la température est très belle ce soir, tiède, douce; toute une joie qui s'annonce; dans la voiture nous causerons; pendant qu'en la voiture, les deux, par les rues ombrées, nous roulerons, sous le ciel clair, l'air tiède et doux, l'atmosphère joyeuse; le beau soir! Si j'ouvrais la fenêtre? oui; grande je l'ouvre; la nuit mi-obscure; nuit blanchie des premières étoiles; demies ombres indistinctes; nuit claire; derrière moi est la chambre, le reflet des bougies, l'air plus lourd des chambres, l'air moiteux des intérieurs pesants; je suis appuyé au balcon, incliné sur l'espace; je respire largement le soir; vaguement je regarde le beau dehors; le beau, l'ombré, le mélancolique, le gracieux lointain de l'air; la beauté des nocturnités; le ciel gris et noir en très confus bleutements; et les points des étoiles, comme des gouttes, qui trépident, les aquatiques étoiles; le blanchîment, en tout l'alentour, des grands cieux; là, les masses des arbres et, plus loin, les maisons, noires, avec des fenêtres illuminées; les toits, les toits noircis; en bas, mêlé, le jardin, et, mêlés, des murs, des choses; et les maisons noires aux fenêtres de lumière et aux fenêtres noires, et le ciel immensément, bleuté, blanc des premières étoiles; l'air tiède; nul vent; l'air chaud; des humeurs de mai naissant; un bien-être, chaudement, dans l'atmosphère caressante et nocturne, et nocturnement caressant; les masses des arbres en tas, là-bas, et la sphère du gris bleu ciel pointé de feux trépidants; l'ombre indistincte du jardin nocturne; l'air doux; oh, bon souffle printanier, bon souffle estival et nocturne. Léa, ma tendre chère, ma petite Léa, mon aimée, ma Léa, que bien les deux nous allons être, et que bien nous nous reverrons! les nocturnités ténébreuses indistinctent toutes les choses; oh mon amie au sourire et au rire léger, aux yeux qui rient, aux grands yeux, petite rieuse bouche, oui sourieuses lèvres; dans l'ombre gisent les confus jardins, sous le ciel clair, et la jolie tête blonde est d'elle, moqueuse, et petitement juvénile, fin nez, mignonne face, fins blonds cheveux, blanche fine peau, enfant qui sourit et me rit et me moque et nous nous chérissons; dans cette nuit, sur le balcon fuyant, sur l'indistinct des murs lointains, dans l'air tiède et nocturne, parmi l'alentour qui s'efface, tu es belle et tu es gracieuse; gracieuse divinement tu marches, en le bercement de tes hanches, et tu marches mollement, sur les tapis, au près de la table où sont des fleurs, en ton exquis jaune salon, au long des fleurs, sur le tapis moiré, tu marches, mollement, inclinant ta tête et à droite lentement et à gauche lentement, avec des sourires blancs, face éburine aux foux cheveux, souriante, lentement, ondulante, tu passes, tu passes, tu marches; flotte ta mince robe, le crêpe crémeux, l'ondoîment du crêpe où tombe un ruban de soie, le crêpe aux plis ceignant tes seins et les hanches et le puéril corps, et tu meux doucement tes lèvres, mon amie; moi je t'aime; l'ombre des grands feuillages monte au ciel, très haut, mienne, tu transparais de l'ombre claire; souriante, ingénue, bonne et charmante, je te veux; moi je t'aime purement; moi je ne veux d'elle que son amour, et son baiser je le veux en son amour; à genoux je suis, et j'adore; oh la triste des mauvais baisers, sois en moi rassurée, en moi sois heureuse, aie ta sécurité, lis mon amour pieux; et qu'elle respire la nuit instigatrice; on est aimé (et semblablement l'on aime) une fois en la vie, et par moi maintenant elle est aimée; alors que feras-tu, mon amour? oui, ceci, j'espérerai; et quand l'auras-tu? je l'aurai; quand elle se donnera, tard oh tard, et quand elle aura éprouvé mon cœur dévot, quand elle m'aura su son amant, et quand j'aurai refusé (oh le marchandage de sa chair) le sacrifice de sa chair, et quand long temps, absolument, je l'aurai respectée, et quand apparaîtra la différence de mon amour (je ne l'aurai pas touchée, je ne l'aurai pas demandée, pas voulue, pas souhaitée), et quand, ma future femme, de ma vénération je l'aurai exhaussée, quand aimée je l'aurai, et quand de tous trésors authentiques dotée, à moi, pure, elle régnera, —je l'aurai... Ah, je l'ai eue, je l'ai prise, je l'ai violée; oh obsédance; repentir... La nuit; l'obscurité des arbres; le rayonnement des étoiles croissantes; la bonne nuit; être ainsi, en l'atmosphère bonne, en la nuit, la nuit montante. Il me va pourtant falloir partir; oui; partir, n'être plus à ce balcon. Derrière moi est la chambre; je ne la vois pas, je sais qu'elle est; derrière, l'air plus lourd de la chambre; ici le très frais, le tiède du dehors; quitter la fenêtre, ah peine! rentrer, s'occuper à des choses, faire des choses, vouloir, s'efforcer, rompre cet apaisement. Je le dois. La nuit est calme; encore un instant ici; on serait si bien à demeurer; si belle à voir, la nuit; si douce à contempler, l'ombre; si caressante à caresser, de ses regards, l'ombre des formes d'arbres et des jardins en la nuit; ce serait si bon, rêver dans le farniente d'un soir, à une fenêtre, songer son amour, son aimée, et considérer un très calme de soir, rêver. Songer l'amour qu'on aurait saint, l'aimée qu'on aurait inviolée, dans un soir chaste; ce serait bon, rêver dans le confort calme du soir. Ici la nuit fraîche et noire; la nuit plus fraîche, plus noire; derrière, la chambre plus chaude, plus moite, avec les bougies limpides; le dehors est frais; l'intérieur est plus tiède, plus doux; le dehors est frais, presque froid; ces noirs à la fin sont tristes; est une angoisse à fouiller tant d'immobilités; ce ciel blafard, ces masses d'arbres, ces lueurs sont glaciales; presque lugubre, ce silence; j'ai une peur de cette grande nuit muette; le dedans est doux, tiède, moite, chaud, avec les tapis, les étoffes, les murs bien clos, le confort des choses molles; rentrons... je me redresse, je me retourne... les bougies sont allumées sur la cheminée; voici le lit blanc, moelleux, les tapis; je m'appuie sur la croisée ouverte; dehors, derrière moi, je sens la nuit; la nuit noire, froide, triste, lugubre; l'ombre où des apparences bougent, le silence où bruissent des sables; les longs arbres tassés en noir; les murs vides, et les fenêtres obscures d'inconnu et les fenêtres éclairées, inconnues; dans la blêmeur du ciel, ce trépidement des yeux pleurards des étoiles; le secret des ombres opâques, ténébreuses, mêlées en quelque chose formidable; ah, là, quelque chose ignorée, formidable... J'ai un frisson, précipitamment je me tourne, je saisis les croisées, je les pousse, je les ferme, précipitamment... Rien... La fenêtre est fermée...

Et les rideaux? je les tire, voilà... La nuit est supprimée. Dans la clarté amie, ma chambre, la chambre de moi; en le chez-soi comme l'on est à l'aise! la chambre molle; hors la terreur des nuits désertes; le confort; la lumière. Je m'appuie au mur. On se sent tout assuré, tout content, tout dispos; la clarté blanche des bougies, blanchement dorée; le moelleux des tapis et des tentures; c'est un bien-être, un charme, un bonheur; je vais être heureusement pour m'arranger, ici, dans cet apaisement de la chambre étroite; brillant aux clartés, blanc luisant, couleur d'eau courante et de marbre, le cabinet-de-toilette; il faut que je m'habille; j'ai sur moi mon pantalon gris et ma jaquette noire; je puis aller ainsi chez Léa; certes, elle m'a vu souvent en ce costume; mais en tous mes costumes souvent elle m'a vu; cet habillement est convenable; une redingote? inutile; je ne verrai que Léa; je garde aussi ces bottines; aucun bouton ne manque? aucun; elles ne sont point salies; un coup de brosse suffira; mais il faut que je change la chemise; celle-ci, mise d'hier soir, est propre encore; les manches et le col sont blancs; c'est ennuyeux, changer; n'importe, il le faut; si, par un hasard, ce soir, chez Léa, qui sait?... ah, belle chère femme, si ce soir... Sacrebleu, sacrebleu, est-ce que je suis fou? habillons-nous, et prenons une autre chemise. Ma jaquette, là, sur le lit; mon gilet, aussi, sur le lit; maintenant, dans le cabinet-de-toilette; mon cabinet-de-toilette est vraiment très en ordre; le domestique est soigneux du ménage; dans la grande glace, au dessus de la toilette, se reflètent les bougies; les murs au ton de paille; la large cuvette blanche, pleine d'eau; l'eau transparente, perlée; quelques gouttes de musc, très peu; au porte-manteau la chemise; je suis bien heureux de n'avoir point de gilet en flanelle; cela est si ridicule; mon père voulait que j'en eusse; l'éponge; l'eau froide sur ma main; ah, la tête dans l'eau; quel saisissement; c'est un charme, la tête dans l'humide d'eau qui ruisselle, qui bruit, qui roule, et glisse et fuit, qui coule; les oreilles trempées d'eau et bourdonnantes, les yeux clos puis ouverts dans le vert de l'eau, la peau agacée et frémissante, une caresse, comme une volupté; oh, cet été, quelle joie d'aller à la mer; sans doute irons-nous à Yport; ma mère aime ce pays; la forêt, la falaise; ah, dans la cuvette se plonger; sur mon cou l'éponge jaillissante, sur ma poitrine la fraicheur, un très peu parfumée, de la bonne eau; ma serviette; ouf; je me suis fait raser à midi; cela suffit pour aujourdhui, si je me pouvais raser; on ne se rase jamais bien; garder ma barbe ne me conviendrait pas. Me voilà présentable; on doit toujours être sur ses gardes; je vais chez Léa ce soir; eh, eh; si j'y trouvais asile; ce serait amusant... Allons, allons... Où est ma brosse-à-cheveux? C'est étrange comme les demoiselles sans vertu peuvent supporter tant de gens; bah; et nous qui les admettons toutes. Mais je suis minutieusement net; bravo; vite, faut s'habiller; j'aurais froid; une chemise blanche; hâtons-nous; les boutons des manches, du col; ah, le linge frais! que je suis bête; dépêchons-nous; dans ma chambre; ma cravate; mes bretelles sont laides, je les ai affreusement choisies; mon gilet; dans la poche, ma montre; ma jaquette; j'oubliais brosser un peu mes bottines; tant pis; non, un simple coup de brosse; ma brosse-à-habits; ce n'est qu'un peu de poussière; une, deux; maintenant, ma jaquette; la cravate est à sa place; parfait; je suis prêt; je puis partir; mon mouchoir; mon porte-cartes; très bien; quelle heure est-il? huit heures et demie; je ne vais pas partir si tôt; alors asseyons-nous, là, dans le fauteuil; j'ai une heure à attendre; qu'on est tranquille ici! tout-à-fait tranquille et si enviablement; rien ne vaut, mon cher garçon, une bonne sieste, dans un bon fauteuil, après un quart d'heure de toilette et de bon barbotage dans l'eau fraîche.

V

Puisque je n'ai rien dont m'occuper, examinons un peu, mais sérieusement, ce que je dois faire ce soir chez Léa; évidemment, demeurer avec elle jusqu'à minuit ou une heure, puis m'en aller; le nécessaire est qu'elle comprenne la raison d'une telle conduite; ah, que c'est difficile à expliquer!... En cette chambre je suis mal; allons dans le salon; debout; les bougies sur le bureau; je n'ai qu'à me promener de long en large dans le salon, devant la cheminée, les deux fenêtres; tirons les rideaux; dans le salon, nonchalamment, de long en large. Que songé-je? C'est très ennuyeux, quand je veux réfléchir quelque chose, que je parte aussi tôt en des divagations. Il faut pourtant que je sache ce que je ferai ce soir; je ne puis laisser tout au hasard; mon devoir est d'exposer à Léa... D'abord m'est nécessaire l'occasion de partir spontanément; déjà, plusieurs fois, comme elle ne me disait pas que je reste, je semblais, m'en allant, être mis gentiment à la porte. Ce soir, elle consentira peut-être à ce que je reste; admettons qu'elle consente; alors je lui dirai que sans doute mieux nous vaut que je la quitte; pourquoi resterais-je, si elle ne m'aime pas assez pour me retenir de son plein gré? Ainsi lui répondrai-je. C'est difficile; je ne sais comment je réussirai; elle sera stupéfaite; elle me regardera de ses grands yeux exagérément ébahis et railleusement à demi; comme le jour où j'ai voulu la gronder; avec ses façons alertes d'aller, de venir, ses petits gestes tour-à-tour rapides et paresseux; le jour aussi où elle a jeté son chapeau dans la jardinière; son chapeau gris de perle; elle s'est mise à rire, à rire; la folle... Suis-je distrait! je n'arriverai jamais à fixer mon esprit sur un point; c'est à en désespérer. Si j'écrivais? L'inspiration est bonne; je vais faire un petit plan écrit de ce que je dois lui dire; cela sert au moins à déterminer les idées. Je m'assieds; le buvard, du papier, l'encrier, le porte-plume; la plume paraît suffisante; très bien. En face de moi, la tenture de soie chinoise; les fleurs vagues, blanches, des soieries chinoises, où surnage la lente cigogne au bec monté; la soie noire, très lisse, où le blanc des broderies; sur le buvard, du papier; c'est cela; écrivons... Que me disait-elle en sa récente lettre? je devrais d'abord relire cette lettre; j'ai là ses lettres; voyons. Dans le tiroir, le paquet de lettres, serré en un carton; voici l'entière correspondance, ses lettres et le brouillon des miennes. Son premier billet.

«Monsieur,

»Il m'est complètement impossible d'accepter ce soir votre aimable invitation. Si vous voulez la remettre à demain, je serai libre.

»Je vous salue.»

Cela est du soir où je pensais l'emmener souper; je l'avais été voir la veille pour la première fois; c'est quand, à minuit, j'ai été la demander chez le concierge du théâtre, qu'on m'a remis ce billet. Et le jour suivant? c'est le jour suivant que chez ce concierge elle m'a envoyé promener! Voici son second billet, de quinze jours plus tard.

«Monsieur,

»Je vous suis bien reconnaissante du service que vous avez eu la gracieuseté...»

J'étais retourné rue Stévens. Quand on a entrepris quelque chose, on répugne si fort à renoncer brusquement; j'avais fait des démarches, donné des pour-boire, écrit; je ne pouvais vraiment pas en demeurer là, tout abandonner, n'y plus penser. Louise, alors, était sa femme-de-chambre; que de louis j'ai dû lui donner, à cette grosse fille; pendant ces deux semaines d'absence de Léa, je n'ai plus vu, rue Stévens, qu'elle, l'excellente Louise. Et puis cette histoire; mademoiselle d'Arsay échouée en Champagne, je ne sais plus où, sans argent; le matin j'avais reçu de mon père mes six cents francs; ce fut instinctif; un désir d'étonner, d'éblouir, d'être admirable; une folie pourtant; donner ainsi trois francs; pour une femme deux fois aperçue et qui m'avait mis à la porte; un beau mouvement, certes, mais qui me liait. C'est alors qu'elle m'a écrit son second billet.

«..... Je vous suis bien reconnaissante du service que vous avez eu la gracieuseté de me rendre. Si j'avais su plus tôt que vous étiez l'auteur de cette complaisance je vous aurais remercié de suite....»

Elle avait écrit «plus tôt» et a surchargé «de suite».

«..... Mais je n'ai été informée de votre bonté que depuis peu de temps. Je m'empresse de vous dire que je serai de retour à Paris mercredi soir et que si vous voulez me faire l'amabilité de venir me voir jeudi dans l'après-midi vers les quatre heures, vous serez le bien venu. En attendant le plaisir de vous voir, je vous serre amicalement la main.

Léa d'Arsay.»

Ce carnet?... oui. J'avais eu l'idée d'écrire jour par jour, en résumé, la suite de mes relations avec cette femme; j'ai eu tort de ne pas persévérer; ce serait devenu intéressant; c'est déjà curieux, ce mémento de trois semaines; les semaines précisément d'après la rentrée de Léa à Paris; les trois premières semaines de notre liaison; en effet cela commence le jeudi lendemain de son retour.

«*Jeudi 27 janvier*: — Quatre heures; je vais rue Stévens; Léa me reçoit; toilette blanche; elle me parle de ses ennuis, le terme non encore payé; j'offre lui apporter, à minuit, deux cents francs; convenu.

»Minuit; elle revient du théâtre avec sa mère; me reçoit dans sa chambre; d'abord peu aimable; je donne les deux cents francs; elle ne me veut pas garder; indisposée; devient plus aimable; je reste un quart d'heure...»

Véritablement, puisque j'avais commencé, je devais continuer; j'avais d'ailleurs sujet de croire que ce nouveau, ce dernier don triompherait de toutes difficultés; je ne pouvais guère agir autrement, ni perdre, par un refus, l'effet de mes munificences premières.

«*Vendredi 28 janvier*: — J'envoie des lilas blancs.

»*Samedi 29 janvier*: — Je crois l'apercevoir, dans une voiture, rue des Martyrs; j'arrive rue Stévens; Louise me dit qu'elle est allée dîner en ville; je promets que je viendrai le lendemain à une heure.

»*Dimanche 30 janvier*: — Une heure, rue Stévens; Louise me dit qu'elle est allée à la campagne pour plusieurs jours; sa mère l'y a forcée; elle est tenue très durement; je me montre mécontent; j'annonce que je quitte Paris une semaine; je m'informe de la rente que faisait précédemment le consul; cinq cents francs par mois, plus la toilette et les cadeaux.

»*31 janvier au 12 février*: —En Belgique.

»*5 février*: —J'écris.

»*9*: —Réponse.

»*10*: —Seconde lettre de moi...»

J'ai les brouillons de mes deux lettres et sa réponse; voyons la lettre d'elle. Voici ma première lettre.

«J'espérais ne pas m'en aller lundi sans avoir serré votre main....»

Et cetera; ce n'est pas intéressant. Ah, sa réponse.

«J'ai été très touchée de vos tendres paroles, Je les crois sincères!... Je vous ai semblé triste lors de votre dernière visite; en effet je le suis. Vous avez dû remarquer en moi un certain trouble. Je n'ai pas osé vous dire que je traverse en ce moment une crise des plus pénibles qui ne me laisse de trêve ni jour ni nuit. J'ai des obligations sérieuses à remplir et il me faudrait me sentir allégée de ce côté pour me retrouver moi-même et être à vous. Je n'ai malheureusement aucune indépendance personnelle et de lourdes charges à soutenir; alors même que mon cœur m'entraînerait vers le vôtre, je suis trop honnête femme pour vous dissimuler plus longtemps ma situation, ne connaissant pas la vôtre et ne sachant quels seraient les sacrifices que vous pourriez faire de suite pour me tirer de l'impasse si écrasante dans laquelle je me trouve. Après cet exposé voyez si vous pouvez être l'ami sur lequel je puisse absolument compter; ou considérez cet aveu comme non avenu en m'oubliant à toujours.

»Léa d'Arsay.»

Ma seconde lettre.

«10 février 1887.

«Ma chère amie,

»Je vous assure que je vous sais gré de votre franchise.....»

Je lui ai répondu que je pouvais l'aider, mais que j'étais un peu effrayé de ces embarras énormes... Ces deux miennes premières lettres étaient assez convenables et proprement écrites.

«18 février.

»Je regrette de ne pas me trouver chez moi...»

C'est sa troisième lettre. Mais auparavant il y a les choses que j'ai notées dans mon mémento.

«*10*: — Seconde lettre de moi...»

Oui; continuons.

«*Dimanche 13 février*: — Je vais rue Stévens; Louise me dit que Léa est souffrante et couchée; histoire de la purgation refusée; à demain.

»*Lundi 14 février*: — Une heure et demie, rue Stévens; Léa me reçoit; toilette bleu clair; je reste une heure; je l'interroge de ses embarras; j'offre dix louis pour le soir, si elle veut que je les lui apporte; elle accepte pour onze heures, sous la condition que je partirai à une heure, à cause de sa mère.

»Le soir, onze heures; elle me reçoit dans la salle-à-manger; sa mère a invité des amies sans l'avertir; elle ne peut me garder; elle me supplie que je ne croie pas qu'il y est de sa faute, que je ne lui en veuille pas; une autre fois, elle le jure; elle est plus gentille qu'elle n'a encore été; je l'embrasse longuement; je la quitte après dix minutes; je lui laisse les dix louis promis: rendez-vous au mercredi.

»*Mercredi 16 février*: — Rue Stévens, deux heures; elle allait sortir; elle me retient une demie heure; dans sa chambre; elle met son chapeau et son manteau; projet d'aller le lendemain ou l'après-lendemain dîner ensemble quelque part.

»*Jeudi 17*: — Une heure, rue Stévens; je reste une heure et demie; je bois du café avec elle; le chanteur de la rue; nous dansons; ses jupons se démettent; elle sort pour les remettre; coup de sonnette; elle revient; elle me dit que c'est le charbonnier qui réclame de l'argent; petite explication; je veux bien l'aider mais je pose la condition; rendez-vous demain soir à neuf heures; elle me dit que si elle ne peut être sûre de moi, rien à faire.

»*Vendredi 18*: — Neuf heures du soir; Louise est seule; Léa a dû dîner en ville; elle reviendra très tard, lettre pour moi....»

Voyons cette lettre.

«18 février.

»Je regrette de ne pas me trouver chez moi ce soir. La situation dans laquelle je suis et que vous connaissez ne me laisse aucune indépendance; si j'avais pu compter sur ce que vous m'aviez promis, je serais restée; mais il me faut absolument sortir de ce mauvais pas tout de suite. Dois-je compter oui ou non sur votre bon vouloir? Si, comme je le pense, vous m'avez tenu parole, remettez à Louise ce que vous m'auriez remis à moi-même et dimanche à une heure je vous en remercierai.»

Cette incompréhensible fille me manque parce qu'elle croit que je ne lui donnerai rien, et elle veut que je donne quelque chose à sa femme-de-chambre. Rangeons bien à leur place ces lettres.

«*Vendredi 18*: — Neuf heures... Léa a dû dîner en ville... lettre pour moi....»

Celle-là.

«... je refuse tout argent; supplications de Louise, promesses; Louise me prie que je pense au moins à elle; elle a sa fille en nourrice à Auteuil et elle attend ses gages pour payer la pension en retard; elle me conte que Léa est malheureuse. Je déclare nettement que Léa se moque de moi, que je ne donnerai plus un sou avant qu'elle n'ait tenu sa parole. Je pars en laissant vingt francs à Louise.»

Et là s'arrêtent mes procès-verbaux; quel dommage; je n'ai que le commencement de l'histoire. Le lendemain, le samedi? le lendemain samedi Léa s'est décidée à m'accorder ses faveurs; un après-midi, je me rappelle, une belle journée de soleil; je lui ai donné les deux cents francs dont elle avait besoin; ce faisait une somme assez ronde pour un baiser; c'est le diable aussi, quand une fois on est pris dans la chaîne, que couper court; et puis, recommencer avec une autre femme la même série, éternellement; il fallait aboutir de celle-là; on s'obstine; j'ai bien fait. Elle avait pris le soin de fermer à clé la porte du salon; j'avais juste deux cent cinq francs; le soir je lui ai envoyé des roses; j'ai été alors pour la première fois chez Hanser-Harduin; ils ont une vendeuse bien jolie, à l'air exquisément de se moquer du monde; j'irai bientôt acheter des fleurs; étonnante fille, cette petite fleuriste.

«Cher ami,

»Il faut absolument que vous veniez....»

Un rendez-vous.

«Je suis au regret de ne pouvoir me trouver chez moi demain....... je dois passer une audition..... venez lundi à quatre heures..... quelques instants ensemble.....»

Une autre.

«... Toujours par suite de la situation dans la quelle je suis, je ne puis être libre comme je le voudrais..... j'ai mille ennuis........ il faut que je sorte de cette impasse......»

Sacredié; ma lettre de mise en demeure.

«28 février.»

C'est cela; ah, la terrible, terrible lettre.

«... Et vous, depuis deux mois.....»

Cette lettre a fait tout le mal; comment ai-je pu l'écrire; ma conduite première, hélas, depuis un mois y concordait; pourquoi ai-je écrit cette lettre?

«Ma chère amie,

»Je vous ai expliqué que si vous pouviez compter sur moi, c'était seulement dans une mesure un peu restreinte. Si je disposais de grandes ressources, je vous demanderais que vous acceptiez ce qui vous est nécessaire pour votre train de maison. Pardonnez-moi d'ailleurs que je sois surpris par vos expressions de—sacrifice pécuniaire un peu sérieux. Ce que j'ai fait n'est guère au prix de ce que je voudrais faire; mais le jugez-vous une plaisanterie? Et vous, depuis deux mois, qu'avez-vous fait pour votre part? Vos promesses m'annonçaient plus qu'une heure accordée un après-midi. Je ne pourrai être chez vous après-demain qu'à cinq heures; veuillez me laisser un mot si je puis revenir le soir. En ce cas, comptez sur moi. Au revoir, et croyez.....»

«Mardi matin.

»Bien touchée de vos bonnes paroles! regrette que vous ne puissiez venir demain à une heure; je vous attendrai jusqu'à deux heures. Vous savez que j'ai des ménagements à conserver; eh bien j'ai à mon service une personne que je ne puis garder. Il me faudrait cent cinquante francs demain soir pour la congédier; et une fois débarrassée de la sus-dite je serai plus libre de mes actions. C'est tout vous dire. Tâchez à me faire parvenir cette modique somme demain et vous apprécierez et jugerez par vous-même de l'urgence de cette exécution. À demain donc vous ou mot me tirant d'embarras; et à vous de cœur.»

«Mardi deux heures.

»Ma chère amie,

»Je reçois votre mot en rentrant chez moi. Vous n'avez pas été bien contente de ce que je vous ai écrit hier? Moi, j'avais la mort dans l'âme à vous l'écrire. Mais convenez que vous m'avez traité très mal; ne m'avez-vous pas vous-même forcé à me faire méchant? Je vous jure que cela m'afflige au désespoir. J'avais rêvé que vous m'aimeriez un peu; j'ai vu que le rêve était fou, et je me suis dit: tant pis, faisons comme les autres... Tenez: oubliez, et pardonnez-moi. Je vais venir dès ce soir; soyez bonne, ne me renvoyez pas; moi, de mon côté, je vous apporterai ce dont vous avez besoin. Laissons ces vilains ennuis; vous verrez que je vous adore.....»

Le soir, à neuf heures, elle n'était pas chez elle; elle avait eu ma lettre; elle ne m'avait pas laissé de réponse. Elle pouvait tout faire. La menacer, se fâcher, et lui demander pardon... Elle me tenait dès lors. Ce n'est pas ainsi que je devais agir; vaines, impuissantes violences, qui n'ont rien opéré qu'à jamais l'écarter de moi. Je ne l'ai plus eue; jamais plus je ne l'ai eue; et je n'ai pas su être son amant, pas su être son ami, je n'ai même pas su être celui qui l'achète... Hélas, et elle aurait pu m'aimer; si les choses avaient été autres, si mes actions avaient été autres, si j'avais su l'heure précise et subtile à toucher son cœur, le temps et le lieu, la fugace minute en un banal et très décisif soir et l'instant où son âme à moi s'aurait pu donner, et si je m'étais fait aimer. Des préalables possibilités s'est enfuie celle-là. Alors eût été l'amour, aussi aisément alors l'amour que fatalement aujourdhui le fatal éloignement des êtres. Hélas, cœur perdu, chair perdue, amour en sa moisson dispersé; c'est fini de mes attentes; tout a péri... hélas... nous n'irons plus aux bois.

«Mardi premier mars, onze heures du soir............»

C'est mon projet de discours; je m'étais promené très loin; et ici, seul, j'avais voulu fixer ce que le lendemain, quand elle me recevrait, je lui dirais.

«Mardi premier mars, onze heures du soir.

»Une fois dans sa chambre, entre mes bras la tenant, je lui dirais: — Vous ne croyez pas que je vous aime? — Oh puisse l'action que je vais faire retomber bienfaisamment sur sa pauvre âme.....»

Le soir où j'ai écrit cela est le soir où je m'étais rencontré, dans le boulevard, à cette fille aux grands yeux vagues, qui marchait; mollement, languissante, en son costume d'ouvrière besogneuse, sous les arbres nus et le frais du soir clair de mars, marchant mollement; je passais près elle; de ses yeux elle regarda, très faible et molle; oh, si faiblement, sans un geste, d'un regard vague, et pudiquement; chair de vierge et martyre incarnée en chair vile, quelque chose angélique, hommes, salie de nous, et très triste, triste, triste, angoissante d'une irrelevable chûte; je songeai l'autre, la très belle que j'aimais; pauvre pauvre âme, âme si douloureuse... Oh soir! j'étais plein de ces malaises; un soir de mars; il y avait ici un feu de bois; dehors, un ciel froid, très sec et clair, nulle brise, un ciel très profond, très lointain, un ciel appeleur des pensées; c'était un très profond ciel aux lointains solliciteurs, très haut, très chaste, rayonnant, très pieux; un air clair, une montée de toutes choses vers le haut; ici, la chaleur douce du feu, la solitude, et des hantements...

«..... Vous ne croyez pas que je vous aime? — Oh puisse l'action que je vais faire retomber bienfaisamment sur sa pauvre âme. — Mon amie, j'ai songé les choses qui sont entre nous; follement je vous désirais; que ce soit mon excuse; je vous ai contrainte; j'implore votre pardon. Je puis rester ici cette nuit, mon amie... Adieu, vous êtes bien aimée; je vous rends votre corps, et je vous quitte, parce que je vous aime. — Et je prendrai sa tête dans mes mains, je regarderai ses yeux, et je baiserai ses lèvres, et je dirai: — Adieu.»

Oui, ces paroles, et non les mauvaises requérances. Et jamais l'occasion, ces paroles, de les dire.

«Mon cher ami, j'ai absolument besoin de vous voir. Je vous attends ce soir à dix heures. Bien vôtre. Léa.»

Qu'y a-t-il encore eu ce soir?... Le soir où elle a été malade? certes; la nuit que j'ai passée à la soigner. Comme elle était meurtrie, froissée, et affaissée, suffocante! je l'avais attendue longtemps; elle est arrivée tout défaite, presque hors sens; elle s'est couchée, et j'ai demeuré au près de son lit; nous lui mettions des compresses sur le front; elle a renvoyé sa femme-de-chambre; je l'ai soignée; j'ai ainsi passé la nuit, dans un fauteuil; elle, muette et immobile, assoupie; moi, en un rêve de tristesses et de pitié... Oh, quels odieux embrassements, quelles blessures d'attouchements, quelles possessions tellement brûlantes avaient allumé cette très morne fièvre?... Le matin elle s'est éveillée; j'ai ouvert ses rideaux; c'était huit heures; elle m'a souri. Le plus beau temps de mon amour, oui, le plus glorieux. L'après-midi, elle était remise; je l'ai vue un quart d'heure; et le lendemain? c'est le lendemain qu'elle était si mauvaisement gaie, à rire, à chanter, à crier.

«Léa d'Arsay se fait un plaisir d'aller à l'Opéra demain avec monsieur Daniel Prince. Mille amitiés.»

Elle était jolie, ce soir d'Opéra, en sa toilette de satin rose, ses souliers blancs; Chavainne n'a pas pu ne pas avouer qu'elle était jolie; Chavainne qui jamais ne veut être d'accord. Et le soir de l'Odéon; on jouait une tragédie; Andromaque; Léa voulait entendre je ne sais plus quelle débutante; étrange caprice; nous avons dîné chez Foyot; elle a demandé une sarcelle; moi j'ai été ridicule à ne pas donner assez de pour-boire; mais Léa ne l'a pas aperçu; n'importe, j'ai eu tort; de ce cabinet, par la fenêtre ouverte en face du Luxembourg, on voyait passer des étudiants; elle avait sa toilette de velours, son chapeau en jais avec la plume rouge, et sa dignité imperturbable lorsqu'elle est en public. Tous ces soirs, je l'ai reconduite chez elle, et, lui ayant dit adieu, je suis parti; c'était très bien; elle a voulu, une fois ou deux, me laisser au sortir de la voiture; mais j'ai toujours insisté pour monter dix minutes; maintenant, l'habitude en est; et c'est tout charmant quand dans sa chambre nous bavardons. La lettre de Louise, avec une couronne de baronne.

«Monsieur,

»Monsieur Prince, vous m'avez dit que quand mademoiselle se trouverait dans l'embarras je vous le dise; je viens vous dire que mademoiselle est très ennuyée en ce moment; il nous manque cent quarante francs pour les meubles; elle pleure tout le temps parce qu'on lui dit que si ce n'est pas payé pour demain soir on viendrait tout enlever et elle me dit que s'il faut en arriver là, elle ne sait pas ce qu'elle fera; je lui avais parlé de vous; elle m'a dit que vous ne pouviez plus rien faire pour elle; je lui avais promis d'aller vous dire dans quelle position elle se trouve, mais comme je sais que je ne peux jamais vous trouver, j'ai pris le parti de vous écrire sans rien dire à mademoiselle; et si nous avons le bonheur que vous puissiez nous venir en aide, je vous prie de ne pas le dire à mademoiselle qui me l'a défendu pour ce que vous lui avez dit dimanche. Pardonnez-moi, monsieur, et j'ose me dire votre toute dévouée — Louise.»

Carte de Léa.

«Remercie monsieur Prince de son charmant bouquet et le prie de bien vouloir venir la voir demain lundi à une heure de l'après-midi.»

Autre; une lettre.

«Cher Daniel, j'ai encore recours à vous et vous prie de m'obliger de la somme minime de quarante ou cinquante francs dont j'ai le plus grand besoin pour demain. Vous seriez bien gentil de me les apporter vous-même. Je vous remercie à l'avance et vous serre amicalement la main.»

Autre; une carte.

«Léa d'Arsay fait mille excuses à son ami Daniel Prince; a reçu trop tard sa lettre pour se rendre à sa bonne invitation et elle lui fixera le jour où elle aura le plaisir de le voir, ce qui sera bientôt.»

Encore.

«Léa d'Arsay serait bien heureuse de dîner ce soir avec monsieur Prince, l'attendra à sept heures.»

Oh, tout une lettre, celle d'il y a huit jours, la lettre des bijoux.

«Cher ami,

» Il faut absolument que vous me donniez deux cents francs pour sauver mes bijoux, du moins les reconnaissances qui sont engagées dans un bureau pour cette somme. Si vous êtes assez bon pour m'obliger de cela, vous ferez grand plaisir à votre petite amie Léa qui serait désolée de voir tous ces pauvres bijoux vendus. C'est après-demain mardi qu'on les vend définitivement si la somme n'est remise au bureau; je reçois l'avertissement à l'instant. Soyez bon et je serai de plus en plus gentille pour mon seul vrai ami que j'aime bien. Marie ira demain vers onze heures savoir votre décision.»

C'était ennuyeux; les bijoux n'étaient engagés que pour cent vingt francs, et il y avait encore quinze jours de délai; je lui ai payé ses cent vingt francs; depuis lors elle ne m'a rien demandé; voilà déjà huit jours; oh, elle va avoir besoin de quelque chose; il ne faudrait pourtant pas qu'elle me demandât trop; cela commence à être lourd, tout cet argent.

«Cher ami, j'ai su en rentrant.....»

C'est sa dernière lettre, avant-hier.

«..... j'ai su en rentrant que vous étiez venu pour me voir; mais je n'ai pas eu le bonheur de me trouver là. Pour être plus sûr de me voir venez demain dimanche à une heure ou une heure et demie; je serai chez moi. À demain et bien à vous.

«Léa.»

En effet, j'ai été la voir hier à une heure; elle a été tout gracieuse, tout souriante, câline même; et moi, qu'est-ce, diable, qui m'a pris? un moment, entre mes bras je l'ai serrée trop, trop passionnément; elle m'a regardé; je lui ai murmuré un «Léa» avec une affectuosité exagérée; ne suis-je donc pas maître de me tenir comme je veux me tenir? Léa a paru étonnée, pas fâchée, étonnée; un peu moqueuse, peut-être; pourquoi aussi se fait-elle ainsi câline? c'est sa faute; si tentatrice elle est; si tentatrice en les étoffes amples; au contraire dans les robes c'est le noir qui lui sied mieux; sa robe de satin noir unie et ajustée, où s'arrondit l'impassible poitrine... Mais presque neuf heures et demie... il est temps de partir. Je n'ai pas écrit ce que je projetais dire; bah; bien inutile; je me souviendrai; j'ai d'ailleurs le papier d'il y a un mois. Debout; mon chapeau; mon par-dessus; dans la poche du par-dessus sont mes gants. Tout est en ordre? les lettres dans le tiroir. Avant que sortir, il faudrait relire ce papier.

«Une fois dans sa chambre..... Vous ne croyez pas que je vous aime?..... Follement je vous désirais; que ce soit mon excuse..... Pardon..... Je puis rester ici cette nuit..... Je vous rends votre corps..... Adieu.»

Adieu, adieu... partons. L'escalier sera éclairé du gaz; j'ouvre la porte; j'éteins les bougies; voilà; ne heurtons à rien; la porte refermée; descendons; mes gants; ils sont propres, oui, convenables. Parbleu, je saurai me souvenir, je me souviendrai bien de ce que je dois dire à Léa; rien de plus facile, de plus naturel. Elle comprendra enfin pourquoi je renonce mes droits à l'avoir, et combien je l'aime, et pourquoi je ne l'ai pas... Je puis rester cette nuit... mon amie, je vous quitte... Elle comprendra; rien de plus naturel, de plus facile.

VI

La rue, noire, et du gaz la double ligne montante, décroissante; la rue sans passants; le pavé sonore, blanc sous la blancheur du ciel clair et de la lune; au fond, la lune, dans le ciel; le quartier allongé de la lune blanche, blanc; et de chaque côté, les éternelles maisons; muettes, grandes, en hautes fenêtres noircies, en portes fermées de fer, les maisons; dans ces maisons, des gens? non, le silence; je vais seul, au long des maisons, silencieusement; je marche; je vais; à gauche, la rue de Naples; des murs de jardin; le sombre des feuilles surnageant au gris des murs; là-bas, tout au là-bas, une plus grande clarté, le boulevard Malesherbes, des feux rouges et jaunes, des voitures, des voitures et de fiers chevaux; immobilement, au travers des rues, dans le calme immobile de courantes voitures, c'est les courses entre les trottoirs où courent les foules; ici les bâtisses d'une maison neuve, ces échaffaudages ternes, plâtreux; on aperçoit mal les pierres nouvellement posées, qui s'échaffaudent; parmi ces mats je voudrais monter, vers ce toit si lointain; de là lointainement doit s'étendre Paris et ses bruits; un homme descend la rue; un ouvrier; le voici; quelle solitude, quelle triste solitude, loin des mouvements et de la vie; et la rue se termine; maintenant la rue Monceau; encore ces hautes maisons, majestueuses, et le gaz y jetant sa lumière jaune; quoi dans cette porte?... ah, un homme; le concierge de cette maison; il fume sa pipe; il regarde les passants; personne ne passe; moi seul; ce gros vieux concierge, que fait-il à regarder la solitude? me voici dans l'autre rue; brusquement elle se rapetisse, elle devient tout étroite; de vieilles maisons, des murs en chaux; sur le trottoir, des enfants, des gamins, assis par terre, taciturnes; et la rue du Rocher, et ainsi, les boulevards; des clartés là, des bruits; là des mouvements; les rangées de gaz, à droite, à gauche; et obliquement, de gauche, une voiture parmi les arbres; un groupe d'ouvriers; la corne du tramway chargé de gens, deux chiens derrière; tout en les maisons, des fenêtres éclairées; ce café en face, ses rideaux blancs lumineux; le tapage, au près de moi, d'un omnibus; une jeune fille en un vêtement bleu sombre, un visage rose; la foule; le boulevard; je vais traverser cet espace, aller là; parmi ces gens je vais être; alors je vais être moi là-bas, moi le même, le même encore, là et non plus ici, moi toujours, je serai; haut et en devant, la butte; des clartés sous le ciel clair; à droite, le long mur, le mur du réservoir; je ne connais aucun de ces venants; me voient-ils? quel me croient-ils? des cris d'enfants qui jouent; des roues lourdes sur les pavés; des chevaux lents; des marches; dans les arbres plus denses le ciel obscurci; mes pas sur l'asphalte monotonement; un chant d'orgue-de-Barbarie, un air à danser, une sorte de valse, le rhythme d'une valse

lente... ... où est l'orgue-de-Barbarie? derrière, quelque part, sa voix criarde et douce... «j' t'aim' mieux qu' mes dindons»... un chant qui va et recommence, un même

chant...  ... le calme d'une voix qui naît, sous un paysage calme, dans un calme cœur amoureux, et le désir très contenu d'une naissante voix; et la voix répondante, équivalente et plus haute, ascendante, calme et tenue, ascendante en le désir; et encore elle qui s'élève; la croissance du désir; sous le toujours naïf site et dans ces naïfs cœurs, l'ascendance monotone, alternée, calme, d'un très doux angoissement; le simple doux chant qui s'enfle, et le simple rhythme; entre les feuillages frais, parmi la sourdine des bruits quelconques, voix grêle, s'enfle le chant criard et doux, la monotone litanie, le fixe rhythme des lentes danses; et surgit l'amour... dans les champs purs, plus que je ne les aime, les champs, je t'aime, amie; voici les beaux champs pâles et les disséminés errants troupeaux; plus je t'aime; ils sont beaux, les troupeaux, dans les feuillages frais, quand ils bêlent, les troupeaux et les troupes des bêtes chères; plus je t'aime; ils sont chers, mes champs rêvés; mais plus je t'aime, mon amie, en tes yeux clairs; les lignes des lumières vont s'allongeant, les troncs des arbres; plus je t'aime en tes chansons; c'est des rivières avec des ombres, un ciel de soir, des bruits lointains; et la voix pleurante est plus lointaine; s'éloigne la voix simple et le rhythme; s'efface le chant religieux; des chants pourtant, des chants encore, et plus je t'aime... des paysages frais et nocturnes, les arbres successivement rangés, et les pas des passants; à l'entour, des roulements; des paroles, des teintes énombrées, un air tiède, plus frais; dans le bois qui longe les monts j'irai, près les prairies, sous les sapins, en l'été; ce sera la très précieuse chaleur des nuits aimées; nous serons tous en ces pays; oh l'admirable temps, loin de Paris, durant ces semaines nombreuses! et quand ces jours?... les bruits se font plus forts; c'est la place; dépêchons; sans cesse, des longs murs tristes; sur l'asphalte une ombre plus épaisse; à présent des filles, trois filles qui parlent entre elles; elles ne me remarquent pas; une très jeune, frêle, aux yeux éhontés, et quelles lèvres; elles seraient, ces obscènes lèvres, sous la complicité impérieuse des yeux, combien savantes aux perverses jouissances! et cette fille, ainsi est-ce donc? en une chambre nue, vague, haute, nue et grise, sous un jour fumeux de chandelle, avec un assourdissement des tumultes de la rue grouillante; ce serait une haute chambre étroite, oui, le grabat, la chaise, la table, les murs gris, et l'agenouillement de la bête parmi le lit; alors ces yeux, et les lèvres luxurieuses, montantes et remontantes, tandis qu'elle geint, et qui halètent; la voici, cette fille, qui parle; les trois, sur le trottoir, oublieuses des promeneurs; moi, demain, j'ai le cours, l'ennuyeuse école, et dans trois mois l'examen; je serai reçu; adieu lors la franchise de tous les jours, mais la charge d'un emploi; allons; maintenant partout des filles; le café; des jeunes gens entrent; un monsieur qui ressemble à mon tailleur; si je me rencontrais à quelque ami; mieux certes, mieux être seul, marcher par un bon soir très librement, sans but, en des rues; l'ombre des feuillages ondoie sur l'asphalte, un air frais court, les trottoirs très secs et blancs luisent; une bande de jeunes filles là-bas, droites, très hautes, minces et de façons séduisantes; là, des enfants; les façades scintillent; la lune a disparu; c'est, tout au tour, un bruissement; quoi? des sons confus, épars, unis, un bruissement... bravo l'avril! oh, le beau, le beau soir, ainsi très libre, sans pensées, ainsi très seul.

VII

Mais je suis arrivé rue Stévens, devant la maison de Léa; c'est bien le vestibule, bien l'escalier; l'escalier tournant; enfin le second étage; là est-elle? oui certes là; sonnons; mes bottines sont propres, ma cravate droite, mes moustaches convenablement relevées; j'ai beaucoup de choses à lui dire, beaucoup de choses qu'il faut que je lui dise; elle vient évidemment de rentrer; elle aura sa robe de cachemire noir; je suis sot à ne pas sonner; si elle me voyait; je sonne; des pas à l'intérieur; la porte s'ouvre; c'est Marie.

— «Mademoiselle d'Arsay est chez elle?»

— «Oui, monsieur, entrez.»

— «Je vais dire à mademoiselle que vous êtes ici.»

Elle est gentille, Marie. Ah, ce petit salon, ce cher petit salon de ma chère Léa; mettons-nous en ce fauteuil, près la fenêtre; que joli est l'agencement de ces fleurs! voilà le bouquet de lilas que je lui ai envoyé; la glace, dans des étoffes; tout est en règle dans ma toilette; je suis assez présentable; pas trop mal, ma foi; Léa aime aux hommes les cheveux courts, comme je les ai, et qu'ils soient bruns... Léa...

— «Bonjour» de sa fine voix.

Et son sourire savamment féminin, ses yeux gentiment moqueurs, son sourire d'une fée; bonjour, de sa fine délicieuse voix; et ses cheveux voltigeant sur son front; c'est elle, la jolie Léa; non, je ne dois pas baiser sa main; je serais ridicule; saluons la simplement.

— «Mon amie, comment allez-vous?»

— «Très bien.»

Elle a sa robe de satin noir. Nous nous asseyons sur le divan, elle à gauche; elle s'est renversée sur les coussins, elle me regarde; elle est aimable ce soir.

— «Eh bien» me demande-t-elle «que me direz-vous?»

Je n'ai rien à lui dire; si; pourquoi m'a-t-elle écrit que je n'aille pas au théâtre.

— «C'est bien dommage que je n'aie pu vous chercher au théâtre.»

— «Il n'y avait pas moyen; après la pièce je devais parler au directeur, et des fois on le voit tout de suite, d'autres on l'attend toute la soirée; il ne se gêne pas pour venir à des neuf, dix heures.»

N'insistons pas; certainement elle invente cette histoire.

— «Vous avez attendu longtemps aujourdhui?»

— «Assez longtemps; je ne suis rentrée que depuis dix minutes; à ma sortie de scène j'ai été à la direction; il y avait Blanche Fannie; elle voulait voir le directeur avant d'aller s'habiller; vous savez qu'elle ne paraît qu'au second acte; ce que nous nous sommes ennuyées dans ce trou! il y a juste la place de deux chaises; Blanche à elle seule emplissait toute la place; c'est effrayant combien elle est grosse.»

— «Je ne comprends pas qu'on lui fasse encore jouer des travestis; elle n'est plus jeune.»

— «Elle n'est pas vieille; quel âge croyez-vous qu'elle ait?»

— «Hou...»

— «Il ne faut pas croire qu'elle soit bien vieille; voyons; combien a-t-elle? quarante ans?»

Qu'elle est drôle, Léa, de ses vingt ans, de ses airs enfantinement sérieux de petite demoiselle coquette!

— «Nous allons, «lui dis-je» faire une promenade, n'est-ce pas?»

— «Ah, je suis fatiguée; je n'en puis plus; j'ai envie de dormir.»

— «Qu'est-ce donc que vous avez?»

— «Je suis fatiguée.»

— «Vous vous êtes énervée à attendre au théâtre.»

— «Oh, ce n'est pas cela.»

— «Vous êtes restée là, sur une chaise, vous qui êtes toujours en l'air; vous ne pouvez vous fixer un moment en place.»

— «Très bien; moquez-vous de moi; quand voilà un quart d'heure que je n'ai pas bougé d'ici.»

Je la taquine.

— «Immobile ou non, vous êtes toujours adorable.»

— «Ah... charmant...»

Elle n'apprécie jamais mes traits d'esprit; pas moyen de plaisanter avec les femmes; que dire alors? Elle se lève; lentement elle va à la fenêtre; et ondule son frêle corps bien potelé; dans son cou les brins blonds de ses cheveux; elle écarte les rideaux: elle regarde dehors. Que mollement on est sur ce divan! et, tout à l'alentour, la clarté apâlie des murs blancs et des glaces. Elle:

— «Il fait un beau temps ce soir; cela me remettrait peut-être, sortir un peu...»

— «Voulez-vous?»

La voilà maintenant qui consent; n'ayons pourtant pas l'air de triompher; elle s'assied sur le bord du piano; nous nous taisons. Au restaurant, ce soir, l'étrange homme, cette espèce d'avoué. Léa feuillette un paquet de musique, d'une main, sur le piano; il faut que je parle; elle va s'ennuyer, tellement elle a la peur qu'on demeure bouches closes; il faut que je parle, absolument. Nous voilà l'un en face de l'autre; cela ne peut durer; je serais ridicule. Ah, ses histoires avec son horrible mère...

— «Vous êtes-vous un peu arrangée avec votre mère?»

— «Pas du tout.»

Elle semble ne vouloir pas parler de ces choses; j'ai eu tort de les amener; alors quoi lui dire?

—«Il est impossible» elle reprend «qu'on s'arrange avec elle; elle voudrait que je suive tous ses caprices; vous comprenez que c'est une vie insupportable.»

—«Pourquoi la supportez-vous?»

—«Parce que je ne puis pas faire autrement.»

—«Comment? si votre mère vous ennuie, dites-lui...»

—«Oui! elle ferait un beau tapage.»

—«Enfin, vous êtes chez vous.»

—«Eh non, je ne suis pas chez moi; voilà le malheur; l'appartement est loué à son nom; les meubles, tout est à elle. Et c'est moi qui paie tout.»

Contre le piano elle se penche. Je me doutais que l'appartement était à sa mère; qu'y faire? rien. En une nonchalante marche, la voici vers ce divan; sur le divan elle se met; ses robes s'étendent; sur les coussins sa jolie tête attristée; au dessus de sa tête elle lève ses bras.

—«Ah, quelle existence, quelle existence! des envies me prennent de tout lâcher.»

—«Que dites-vous, mon amie?»

—«Je serais plus heureuse à garder des dindons en Bretagne. Si mon père savait que je suis au théâtre!»

—«Vous voulez aller en Bretagne garder des dindons?»

—«Je n'aurais plus à me tourmenter; je retrouverais la famille de mon père; vous ne vous doutez pas quelle vie j'ai.»

Je vais vers elle; au près d'elle je m'assieds; je prends sa main.

—«Ma pauvre chérie, voulez-vous ne pas parler ainsi; en voilà des idées; vous savez bien que je vous aime pour de bon; pourquoi n'acceptez-vous pas que je vous emmène, que nous soyons ensemble; dites.»

— «Allons» tristement et gentiment elle me répond, «allons, êtes-vous fou?»

— «Et en quoi, mon amie?»

Dans ses yeux je la regarde; elle est appuyée aux coussins; les lumières des bougies éclairent nos visages; gentiment, tristement, elle est étendue, pâle; je la regarde; je tiens ses mains. Elle, souriante:

— «C'est extraordinaire comme vous avez les cils longs.»

Souriante toujours, elle me regarde, immobilement.

— «Vous êtes une bien malheureuse petite femme.»

Elle ferme ses yeux.

— «Ah, comme je voudrais être débarrassée de tout! s'il y avait un moyen d'en finir, d'un seul coup, sans souffrir, quelque chose instantanée; s'endormir tout-à-fait, puisqu'il n'y a qu'en dormant qu'on soit heureux.»

Que lui dire? je ne puis pas rire, ni la prendre trop au sérieux; c'est embarrassant. Près moi elle est, mi étendue, immobile, en une vague somnolence.

— «Eh bien, mademoiselle, faites dodo.»

Dans mes mains je serre ses bras; elle a toujours ses yeux fermés; j'attire doucement ses bras; elle se laisse; en arrière penche sa fine tête, ah, sa méchante traîtresse tête qui de moi si effrontément se joue! et là je l'ai; doucement sur les coussins je me renverse, et contre moi j'attire sa poitrine; sa poitrine est contre ma poitrine; sa tête est sur mon épaule; de mes deux mains j'entoure sa taille; elle repose au contre de moi; ainsi entre mes bras, elle repose; sur ma joue, sur mon cou, quelque chose, oui, ses cheveux, qui voltigent; immobile elle est: tout au long de mon corps, son corps; je sens elle; mollement je serre les molles hanches très soyeuses de sa poitrine.

— «Dodo, mademoiselle.»

Et elle, très bas, yeux clos toujours, et d'un léger souffle, très bas:

— «Oui.»

La très pauvre, très charmante, très tendre, elle se laisse en l'enlacement de mes bras; elle repose contre moi son cher corps; elle est étendue, en sa robe, d'où frêlement monte sa tête; et voilà cette poitrine, ces seins, voilà ces bras, ronds et s'atténuant, et, fluettes, les mains; voilà ce cou, blanc dans le noir du corsage, et dans le blanc du cou les fins épars cheveux dorés; la mince taille, et les larges hanches, en l'étreinte des noirs satins; là le bout mignon de son pied; et lentement le corsage se soulève, de son haleine, en longues régulières exhaussions, en gonflements; du corsage les boutons tremblottent; faiblement sur la gorge ondoie le flot de dentelles noires; un reflet plus brillant, des bougies, se meut sur le sein gauche; et la féminine vie marche et marche en cet incessant mouvement les deux mamelles adorables; son corps, tout immobile, a comme des ondoîments, imperceptiblement; et les chairs, tout lucides, sont rondes; des rondeurs, comme des virginités, ténues; les bras arrondis, la poitrine mouvante, et ton cou, ta mince taille, tes hautes hanches s'arrondissent, en des contours immarqués, suprême grâce des chairs délicatement amollies et des formes effacées fuyeusement; cependant que repose la juvénile face, et que des lèvres entrefermées monte un souffle... Véritablement dort-elle, la douce fille? elle dort, certes, l'enfant; elle s'est endormie, et d'un très amical sommeil oh voilà qu'elle dort; voilà qu'elle repose, oublieuse, mon amie, et qu'ainsi, fille, enfant, elle dort; entre mes bras pieux. Les bougies sur la cheminée brûlent; leurs flammes montent blondes en pâlissant, bleuâtres, plus claires; autour, le vague ombreux des feuillages sombres, et le vague confus des porcelaines peintes, et, derrière, le clair vague de la glace et des reflets pacifiés; le délicieux bal où je fus cet hiver, en le salon plein de fleurs et de feuillages, discrètement illuminé, quand passèrent ces deux jeunes filles, blanches Anglaises! ici le tiède énombrement des choses, et ma sainte amie, mienne; une chaleur, peu à peu, de son corps immobile; au long de son corps, en mon corps, tout en ce long qu'elle effleure, une chaleur croît; pourquoi ne veut-elle point, si elle est malheureuse de sa vie, la changer, et avec moi vivre? que doucement tiède est cette chaleur, et de son corps quel parfum monte! ce parfum, quel est-il? un mélange de parfums; si subtil et qui pénètre; elle-même a mélangé ces essences; et ce parfum monte de toute sa chair, il monte de ses vêtements, il les traverse, et s'issut de son corps vêtu; et de ses cheveux ensemble noués l'haleine s'épand; aussi de ses lèvres; aussi, princièrement, de ses lèvres (oh les moqueuses charmeresses) s'expire l'odorante exhalaison; baiserai-je ces lèvres, de mes lèvres les aspirerais-je? elle dort, la pauvre, entre mes bras amis; et des parfums d'elle je me grise; ce parfum mêlé, subtil, intime, dont elle a parfumé son corps, c'est qu'il se mêle au parfum même de son corps, et c'est lui, son corporel parfum, en l'admirable intensité des essences de fleurs conjointes; l'odeur, oui, victorieuse en cette haleine; de sa féminéité l'odeur, en ces bouffées; elle; et le profond mystère de son sexe dans l'amour; luxurieusement, oh démonialement, quand sous la maîtrise virile les puissances de chair se délivrent, en le baiser, ainsi l'acre et terrible et pâlissante fumée d'elle; ah mourir de cette joie!... Elle remue sa tête, se tourne un peu; l'ai-je serrée trop fortement; quelle excitation avais-je? elle me parle, mi dormante:

— «Qu'avez-vous? ah, je suis lasse... quelle heure est-il?

— «Pas tard encore, demeurez.»

La voilà immobile, si finement jolie, si jeunement, et coquette; oh, la triste existence qu'est la sienne; à celui qui l'aime, quel amour faut, pour lui dulcifier les amertumes! pauvre qui va, elle de vingt ans, livrée aux mauvaises heures... ensemble, au contraire, ainsi dormir, en un oubli; les deux, ensemble, elle en la sûreté de ma foi, moi dans son charme; et parmi les choses qui sont, communément, les deux, joyeusement... nous irons ce soir ainsi, au dehors, sous des ombrages, pendant de lointaines musiques... «tu m'aimes» — «et toi tu m'aimes»... oui, ne disons plus «je t'aime», mais nos confessions «tu m'aimes» et «tu m'aimes» et baisons-nous... elle dort; moi je sens que je m'endors; j'entreferme mes yeux... voilà son corps; sa poitrine qui monte et monte; et le très doux parfum mêlé... la belle nuit d'avril... tout-à-l'heure nous nous promènerons... l'air frais... nous allons partir... tout-à-l'heure... les deux bougies... là... au cours des boulevards... «j' t'aim' mieux qu' mes moutons»... j' t'aim' mieux... cette fille, yeux éhontés, frêle, aux lèvres... la chambre... la cheminée haute... la salle... mon père... les trois assis, mon père, ma mère... moi-même... pourquoi ma mère ainsi pâle?... elle me regarde... nous allons dîner, oui, sous le bosquet... la bonne... apportez la table... Léa... elle dresse la table... mon père... le concierge... une lettre... une lettre d'elle?... merci... un ondoîment, une rumeur, un lever de cieux... et vous, à jamais l'unique, la Primitive-aimée... Antonia... tout scintille... vous riez-vous?... les becs de gaz infiniment... oh... la nuit... froide et glacée, la nuit.......... Ah!!! mille épouvantements!!! quoi?... quoi me pousse, m'arrache, me tue?... rien... un rire... la chambre... et cette femme... Léa... Sapristi, m'étais-je endormi?...

— «Félicitations, mon cher...» C'est Léa... «Eh bien, comment avez-vous dormi?» C'est Léa, debout, et qui rit.. «Vous sentez-vous un peu mieux?»

— «Et vous, ma chère amie?»

Elle se tourne, riant; je ris; elle marche dans le salon... Évidemment, elle s'est éveillée tout-à-l'heure, elle m'a vu assoupi, elle s'est brusquement tirée d'auprès de moi... Ne suis-je pas bien ridicule? que faire? que pense-t-elle? je me lève et vais m'asseoir sur le tabouret du piano; elle regarde, en face de moi, dans la glace; gaie, elle parle.

— «Vous ne vous êtes donc pas couché hier?»

— «Il me semble que oui, mademoiselle, et encore que j'ai convenablement dormi. Votre charme, il y a un instant, m'avait hypnotisé...»

— «Nous allons sortir, voulez-vous? il fait un temps superbe; nous irons une heure en voiture aux Champs-élysées; cela vous va?»

— «Cela me remplit de joie.»

— «Et j'espère que vous ne dormirez pas.»

— «Non; vous me conterez des histoires.»

— «Parfaitement; je vous amuserai; vous me direz le programme.»

— «Ne soyez pas méchante.»

Dieu sait si certains jours elle a besoin pour parler d'être priée.

— «Je vais mettre mon chapeau.»

Elle s'avance de mon côté; elle sourit, et je vois ses dents blanches; ses yeux brillent, un peu moites; ses lèvres sont tout roses, entrefermées, tout roses avec un très petit triangle, où les blanches dents; oh le bel air mélancolique que vous avez, mademoiselle; les blanches et rosées fossettes de vos joues; votre front en une mélancolie gracieuse incliné; et là vos grands yeux qui me regardent.

— «Ma pauvre chère amie, comme je voudrais que vous soyez contente!»

À moi j'amène ses bras, sur mon cou sa tête, sa chevelure; au tour de sa taille mes bras; sans qu'elle l'aperçoive, je baise ses cheveux, sans qu'elle l'aperçoive; et ainsi l'on est heureux; elle est douce, mon aimée, elle est belle et elle est tendre; elle est bonne, mon amoureuse, et que l'aimer est enchanteur!... Elle relève sa tête; l'air étonné, elle me considère, l'air attentif; elle lève sa main; signe que je me taise; quoi? elle écoute; gentiment elle me demande:

— «Qu'est-ce que vous avez?»

— «Quoi donc?»

— «Êtes-vous souffrant?»

— «Mais non...»

— «Vous avez des palpitations de cœur?»

Elle met sa main sur ma poitrine, à gauche; elle écoute; en effet, le cœur me bat plus fortement.

— «Bien sûr?» demande-t-elle encore.

— «Non; ce n'est rien; je vous jure; je vous ai là; alors...»

Et elle, doucement:

— «Vous êtes un enfant.»

Si doucement elle me dit cela «vous êtes un enfant»; d'une si apaisée voix elle me dit cela et d'une voix si vraie; elle a ses souriants yeux faits sérieux, tandis qu'elle me dit cela «vous êtes un enfant»; et d'un si profond cœur, si féminine et si profonde, elle me dit cela que je suis un enfant, et s'éloigne, et s'éloigne, belle et charmante.

— «Un peu attendez-moi, mon ami.»

À la porte elle est; je réponds «oui»; elle passe la porte.

— «Je mets mon chapeau et je reviens.»

La porte est laissée à demi entrouverte; je m'assieds; j'attends; je m'occupe à attendre, à l'attendre.

— «Je vais dire à Marie» elle parle «qu'elle aille nous chercher une voiture... Marie!»

— «Voulez-vous que j'y aille moi-même?»

— «Non; Marie ira.»

Dans la chambre elle parle à Marie; que lui dit-elle? je n'entends pas; et ici je ne fais rien; je n'ai rien à faire; demain je déjeune avec De Rivare, à onze heures; dans un café des boulevards sans doute; quand on s'est couché tard, c'est par fois assez difficile qu'être à onze heures ou dix heures et demie en un rendez-vous; le meilleur moyen de se lever tôt sûrement serait à ne pas coucher chez soi; ici, par exemple; car, en somme, pourquoi suis-je ici?...

— «Me voilà.»

Léa, sur la porte, coiffée de son chapeau à velours rouges; gravement, pour rire; aussi je m'incline; elle me répond en une révérence; dehors, le roulement d'une voiture.

— «La voiture» dit-elle «descendons».

— «Vous n'oubliez rien, Léa?»

— «Non; voici mon manteau.»

— «Donnez... Merci.»

— «Allons.»

Nous sortons; sur mon bras le manteau fourré, moelleux, chaud.

— «Et vos gants? vous n'en avez qu'un».

— «Ah! j'oubliais le second; il est sur le piano; prenez-le.»

J'étais bien sûr qu'elle oublierait quelque chose; je le lui avais dit.

— «Voici.»

Marie qui rentre.

— «La voiture est en bas, mademoiselle.»

— «Je rentrerai dans une heure; faites un peu de feu, dans la chambre.»

— «Bonsoir, Marie» dis-je à Marie.

Il faut soigneusement dire bonsoir à Marie; Léa descend; en touffes le satin noir de sa robe est relevé; elle descend; je la suis; à chacun de ses pas ses épaules dans le satin ont un rejet en arrière; sur sa tête la rouge plume du chapeau se penche, se relève, se penche; très droite descend la jeune femme; lentement à sa main gauche boutonnant le long gant noir; à chaque marche d'un pas égal, elle descend, droite également; et c'est la rue, une clarté pâle et rougeâtre; et la voiture, une masse noire obstruant à la lumière.

— «Ne craignez-vous pas» dis-je «le froid d'une voiture découverte?»

— «Non; le temps est beau.»

— «Vous montez?...»

Elle monte; je monte.

– «Prenez garde de vous asseoir sur ma robe.»

Certes, ce me vaudrait une rancune durable.

– «Nous allons du côté de l'Arc-de-l'étoile?»

– «Oui.»

– «Cocher, suivez les boulevards jusqu'à l'Arc-de-l'étoile.»

Je m'assieds; la voiture se meut; voilà Léa sérieuse et grave comme une marquise du Théâtre-français.

VIII

Dans les rues la voiture en marche... Un de la foule illimitée des existences, telle je mène désormais ma course, un définitivement des effacés innumérables; tels se sont à moi créés l'aujourdhui, l'ici, l'heure, la vie, et qui s'essorent en le désir; pour connaître comment l'originel en une âme se désagrège, voici qu'une âme vole à des songes d'embrassement; c'est un féminin, l'aujourdhui; c'est une chair féminine touchée, mon ici; mon heure, c'est une femme à qui je m'approche; c'est l'étranger où pénétrer, ma vie et le désir désespérément épars; et voici l'à-présent éternel de ce que je rêve, cette fille en ce soir-ci... Et bourdonnent les fonds, les rues, le boulevard, les bruits assourdis, la voiture qui marche, le cahotement, les roues sur les pavés, le soir clair, nous assis et dans la voiture, le bruit et le cahotement qui roulent, les choses régulières en défilés, la nuit délicieuse.

—«N'est-ce pas» Léa parle «que cette nuit est vraiment poétique et tout-à-fait délicieuse?»

En sortant, elle disait, Léa, elle disait à sa femme-de-chambre qu'elle rentrerait dans une heure et qu'elle voulait avoir du feu; je la ramènerai et nous remonterons ensemble; les feuillages sont plus épais sur ce boulevard; moi je remonterai avec elle, je resterai un quart d'heure et je la quitterai, puisque je le dois; combien jolie, là, mi renversée, dans la voiture! tour à tour son visage est éclairé puis obscurci, tour à tour dans l'ombre indécisément et dans le blanc des lumières, tandis que s'avance la voiture; près les becs de gaz, en effet, une grande clarté, puis après les becs un obscurcissement; encore ainsi; le gaz de droite surtout brille; oh sa belle blanche face, blanche mat, blanche d'ivoire, blanche de neige obscure, dans le noir qui l'enserre, et tour à tour plus blanche, plus lumineuse dans les lumières, et dans l'ombre s'atténuant, et puis resurgissant; cependant sur le bois uni du pavé roule la voiture où nous sommes; doucement, entre sa robe, je prends ses doigts; elle les retire un peu; et je lui dis:

—«Votre visage dans cette ombre et ces clartés est subtilement nuancé...»

— «Vraiment? Vous trouvez?»

D'un ton persifleur, d'un ton ennuyé, méchante, elle répond; pourquoi se fait-elle ainsi? doucement je reprends:

— «Oui, Léa; vous ne voulez pas que je vous le dise?»

— «Si, j'aime fort les compliments.»

Il faut lui reprocher ce mot.

— «Ah, Léa, des compliments!»

Nous nous taisons; des gens passent; longuement le cocher secoue le fouet au long fil qui voltige en zigzags; j'ai laissé les doigts de Léa; elle est souvent désagréable lorsque nous sommes dehors; sans doute qu'elle a peur de manquer de tenue; pas moyen alors de lui parler, sinon en toutes formes de dignité; voici le mur du réservoir; là tout-à-l'heure et seul je passais; maintenant avec Léa; elle va devenir d'humeur maussade; pourtant je ne puis rien lui dire qui ne la fâche; en une masse noire percée d'un couple de feux, un tramway vient; Léa:

— «Vous irez samedi à la fête de la Presse?»

— «La fête de l'hôtel Continental?»

— «Oui.»

— «Je ne sais pas; peut-être; et vous?»

— «J'ai été invitée pour être vendeuse.»

— «Ah.»

— «Lucie Harel arrange une boutique; à la façon des magasins de nouveautés; on vendra de tout.»

— «J'ai entendu parler de cela; ce sera parfait. Et vous aurez un comptoir?»

— «Oui.»

— «J'irai donc.»

Je ne m'en tirerai pas à moins de cent francs. Aurais-je un prétexte à rester chez moi? Léa ne me pardonnerait pas; si pourtant le prétexte était suffisant? je ne pourrai pas dire que j'étais malade; il faudrait que j'allègue quelque chose sérieuse; c'est si ennuyeux, ces soirées; bah, j'emmènerai Chavainne.

— «Serez-vous costumée?»

— «Oui, en soubrette.»

— «Bravo.»

— «Je vais faire retoucher mon costume de la revue; je remplacerai les plissés du corsage qui n'allaient du reste pas...»

Oui, son costume de soubrette, satin rose, le tablier en dentelles, jupe courte...

— «Je mettrai une ceinture de satin pareil et ferai poser des rubans aux manches; tout cela changera le costume; d'ailleurs je tâcherai à avoir un autre tablier, un tablier qui sera très réussi, vous verrez.»

— «Un autre tablier?»

— «J'ai utilisé les dentelles de l'ancien; elles n'allaient pas; ne croyez-vous pas que ce serait bien, tout simplement de la Valenciennes?»

— «Certainement.»

Elle sourit de son idée; est-ce que, par hasard, elle voudrait me demander?...

— «Et puis» elle continue «cela ne coûte pas très cher; on trouve de la Valenciennes à quinze francs du mètre; et trois mètres de Valenciennes avec trois mètres d'entre-deux suffiront largement.»

C'est fait; je lui paierai sa dentelle; mais je n'irai pas à la fête.

— «Vous avez une bonne idée, Léa; s'il ne vous faut que ce peu de dentelle, et que je puisse vous y être utile, je vous en prie...»

—«Je vous remercie; cela me fera plaisir.»

Encore quatre ou cinq louis; ces quinze francs du mètre deviendront au moins vingt ou trente; mais le diable m'emporte si samedi je mets les pieds là-bas; parlons lui d'autre chose; et n'ayons pas l'air contrarié.

—«Votre costume de la revue était très joli; il fera toujours beaucoup d'effet.»

—«N'est-ce pas?»

—«D'ailleurs ces fêtes sont très bien fréquentées.»

—«Oui.»

—«Savez-vous s'il y aura beaucoup de monde?»

—«Je n'en sais rien.»

—«Ah.»

—«Comment voulez-vous que je le sache?»

—«On aurait pu vous dire... Il n'y aura pas d'autre boutique que celle de Lucie Harel?»

—«Vous savez qu'elle sera très grande, cette boutique.»

—«C'est amusant cette idée d'installer pour rire un magasin de nouveautés; vous aurez un vrai succès...»

Elle répond à peine; de nouveau son air indifférent; que lui dire?

—«On n'a pas encore fait cela, ce me semble.»

Elle se tait; elle a même entrefermé ses yeux.

—«Vous serez exquise en ce costume; seulement ne faudra pas vendre vos objets à des prix inabordables. Que diable vendrez-vous? Faudra non plus être trop aimable; vous savez que je serai jaloux.»

Elle sourit, moqueusement, et à peine. C'est glacial, ces plaisanteries que je fais. Ne rentrerons-nous pas bientôt?

— «Il commence à faire froid» dit Léa.

Elle fait semblant de n'avoir pas entendu ce que je lui dis.

— «Vous avez froid, Léa? voulez-vous que nous rentrions?»

— «Non; pas encore.»

Des arbres noirs, des grilles, des lueurs bleues, c'est le parc Monceau; derrière la grille, sous les arbres, les allées; que se promener là serait précieux! par un hasard, Léa voudrait-elle?

— «Léa, voulez-vous que nous descendions et marchions un peu? si vous avez froid...»

— «Non; je n'ai pas froid; restons.»

Tant pis; décidément elle ne veut rien dire ni rien faire; le soir est frais; elle va s'enrhumer.

— «Léa, je vous en prie, mettez votre manteau.»

Elle se soulève; elle tend un bras; je lui mets son manteau; elle semble se résigner et comme si je la violentais; eh bien, n'est-elle pas mieux maintenant? et que jolie dans les fourrures! les fourrures entouffent son cou; des fourrures sortent ses mains gantées de noir; si elle voulait être gentille, que gentille elle serait! elle est charmante, immobile en cette place, comme enlisée sous les étoffes, sa blanche face comme émergeant des velours, des soieries et des fourrures; si les Desrieux la voyaient! ce serait drôle que quelque ami passât par là; rien ne serait mieux pour moi chez les Desrieux, qu'être aperçu avec elle; ils sont vraiment très à la mode; mais pourquoi se sont-ils tellement obstinés aux souliers à bouts carrés? et de Rivare, s'il se rencontrait, quel émerveillement! demain en déjeunant et se versant force bon vin, il me plaisanterait; il serait si jaloux et tant admirerait! il faudra que je l'invite un de ces soirs à dîner; nous irons au Cirque; non, je le conduirai aux Nouveautés; ainsi plus à propos lui conterai-je mon histoire de Léa. Faut cependant que je parle un peu à Léa; quand elle ne dit rien, je ne sais quoi lui dire; les mêmes choses un jour l'intéressent, l'ennuient un autre; elle est capricieuse pis qu'aucune femme; mais de quoi lui parler? de son théâtre? c'est assommant; c'est un sujet.

— «Savez-vous si vos répétitions commencent bientôt?»

— «Je ne crois pas.»

— «Pourquoi donc?»

— «La pièce fait tous les soirs de l'argent.»

— «Vous savez ce qu'est la nouvelle pièce?»

— «Pas du tout.»

— «Vous ne paraîtrez qu'au troisième acte, m'avez-vous dit.»

— «J'aime beaucoup mieux ne paraître qu'à un seul acte.»

— «Ah?»

— «Je ne comprends pas qu'on veuille paraître à tous les actes quand on n'a pas les premiers rôles. L'année dernière, la petite Manuela a réussi avec ses couplets du dernier acte; voyez au contraire Darvilly qui a beaucoup plus de talent et est beaucoup plus jolie que Manuela; car enfin elle n'a rien de bien extraordinaire, Manuela; la façon dont elle joue cette année le prouve; il est vrai que la pièce est si bête! eh bien, Darvilly qui est en scène pendant la moitié de la pièce, passe inaperçue.»

— «Un peu par sa faute; elle n'est pas excellente.»

— «Elle joue très bien, elle a une très jolie voix, et elle est bien mieux que toutes vos petites figurantes; elles sont trop ridicules à la fin, ces demoiselles; vous êtes toujours à parler d'artistes, de chant, d'art, et quand vous voyez quelqu'un qui sait jouer, vous n'y faites même pas attention.»

Il faut l'arrêter par un compliment.

—«Mais, ma chère amie, il me semble que le succès que vous obtenez tous les soirs prouve le contraire.»

Elle se tait; elle ne s'offense pas; voilà les compliments qui touchent la corde sensible et sont toujours admis.

—«Voyez donc» montre Léa «cette femme en robe claire, de l'autre côté du boulevard; quelle idée, sortir ainsi en cette saison!»

De l'autre côté du boulevard une dame élégamment vêtue, d'une toilette claire.

—«C'est drôle en effet; elle n'est pas mal d'ailleurs, la toilette.»

—«Mais en cette saison!»

Elle me regarde, avec un demi sourire, un air étonné.

—«Il est vrai que ce n'est pas dans l'usage.»

—«N'est-ce pas?»

Elle n'entend pas, ma pauvre Léa, que je me moque d'elle et qu'elle est ridicule; elle a des étonnements et des indignations si peu motivés; elle n'en revenait pas, cet après-midi, de l'histoire de Jacques.

—«Il n'y a presque personne» dit-elle «ce soir dans les rues.»

—«C'est pourtant une belle soirée.»

—«Oui, mais un peu fraîche.»

—«Je suis sûr que vous avez froid; pourquoi ne voulez-vous pas rentrer?»

—«Mais non, je n'ai pas froid.»

Elle s'entête; elle a froid; elle ne veut pas l'avouer; qu'étranges sont les femmes! il est certain que l'air fraîchit; dans les arbres est une brise plus forte; voici déjà la place des Ternes; jamais nous n'irons jusqu'aux Champs-élysées; il n'y a personne sur le boulevard; les rues sont affreusement tristes; pour aller jusqu'aux Champs-élysées, nous ne rentrerons pas avant minuit ou une heure.

— «Il fait froid» dit Léa; «si vous voulez, rentrons.»

Ah, enfin.

— «Cocher, nous retournons; rue Stévens, quatorze.»

Le cocher arrête; la voiture tourne; le cheval, maintenu, se raidit; nous partons; le trot recommence; également, le trot du cheval, et la trépidation dans la voiture; encore le roulement monotone; claque le fouet longuement; une voiture au près de nous; elle nous dépasse; pourquoi allons-nous si lentement? sur le trottoir deux très vieilles gens; le bruit des roues; le léger cahotement; de nouveau, le parc Monceau, la rotonde; dans un quart d'heure nous serons arrivés; que va me dire Léa? je monterai avec elle; il faut que je monte avec elle; avec elle j'entrerai dans sa chambre; me laissera-t-elle? l'autre jour elle a voulu que tout de suite je partisse; oui, mais habituellement j'attends jusqu'à ce qu'elle commence se déshabiller; quand nous arriverons avec la voiture devant sa porte, faudra, par prudence, que je lui demande à l'accompagner; elle descendra de voiture la première; puisqu'elle est à droite, elle sera du côté du trottoir; elle consentira au moins à ce que je la ramène dans sa chambre; alors que me dira-t-elle? me laissera-t-elle enfin rester? non, cela est invraisemblable; je ne voudrais non plus; un quart d'heure me suffira, dans sa chambre, pendant qu'elle ôtera son manteau et son chapeau; si pourtant elle voulait me garder! elle doit penser que ce lui est nécessaire, un jour ou l'autre, une fois à la fin; ce soir elle paraît s'être arrangée pour être libre; si c'était ce soir! si ce n'était pas encore ce soir! il faut pourtant qu'elle se décide; elle ne peut s'imaginer que je veuille toujours être un amant platonique; je ne lui ai jamais déclaré, en somme, pareille intention; elle ne doit pas s'imaginer non plus qu'elle m'ait réduit à tout endurer d'elle sans en rien obtenir; oh, que de trouble! L'affilée longue des lumières se rapproche; d'autres voitures; c'est le boulevard Malesherbes; s'avance notre voiture, Léa et moi; pourquoi plutôt aujourdhui m'accepterait-elle? depuis un si long temps elle réussit à me congédier gentiment; mais je ne lui demandais rien, je n'avais l'air de rien lui demander; alors comment d'elle-même m'aurait-elle prié? voilà ce qui serait admirable, qu'un jour, elle, elle voulût, qu'elle désirât, elle, et qu'elle aimât; et près moi, immobile elle est; hélas, combien lointaine l'espérance! immobile, indifférente et quelconque, elle demeure; vaguement devant soi elle regarde; dans son manteau elle cache ses mains; elle a négligemment devant soi ses yeux ouverts; nous allons en cette nuit calme, sans fatigue; les maisons hautes et mi sombres ont des fenêtres rougement claires; à gauche, les arbres; le trot égal, sur la chaussée, du cheval; le cheval gris blanc qui régulièrement trotte; ici, elle, silencieuse et immobile, qui rêvasse sans doute, elle, indifférente, quelconque, immobile, immobile et sans amour; oh, quand le jour où elle se donnera, si non aimante la voici, blanche silhouette et féminine; mais tout au fond de cette âme n'y aurait-il, humble, ignoré, un très peu de naissante simple amitié? ma constante dévotion n'a pas pu ne point la toucher: l'amour filtre en le cœur aimé; le désir sollicite et attire; c'est un aimant, aimer; pourquoi au profond de son être une affectuosité ne serait-elle née, apte à grandir, féconde d'un amour; alors, si en ses paroles comme en ses yeux elle se tait, hors les voix et les regards et hors rien de l'apparent mais en l'intime cordial germerait l'amitié; berçons-nous en mon souhait le plus chimérique; quelque jour elle aimerait, l'enfant; l'enfant qui est assise là et dont le corps longe mon corps; si frêle, l'enfant insoucieuse qui près moi s'abandonne, dans la nuit fraîche, au songe du ne-pas-penser; vers le ciel clair d'étoiles. Par les confuses routes, les routes indistinctes des horizons, en l'ondoîment de notre marche de rêve, et sous le bas ronflement harmonique des roues dans les rues, le continu enroulement de l'heureuse voiture où les deux nous allons... à ma Léa amoureusement je parle, afin uniquement que des paroles dans le soir à elle montent, et je parle:

— «Mon amie, à quoi rêvez-vous?»

Vers moi elle laisse un regard, pâlement, comme sans pensée; elle se tait; sur les pavés rudement roule la voiture; Léa, de nouveau, en face regarde, muette; elle ne rêve pas, elle ne songe pas, l'ignorante du désir, l'enfant là immobile; à quoi rêvez-vous? à rien; à quoi rêvez-vous? je ne sais; à quoi rêvez-vous? je ne puis; à quoi et à quoi rêvez-vous? à rien, je ne puis, je ne sais, je ne rêve et je ne pense, hélas, hélas; je ne te donnerai pas le rêve, et éternellement seras-tu l'immobile et sans amour? vaguement devant soi elle regarde; le ciel clair, moins clair déjà, encore brille; entre les masses des arbres vogue la voiture; et se dresse hautement la grise apparence du cocher vieux au dos courbé; Léa au près de moi demeure; la pointe de ses bottines transperce ses robes; et voici que sa voix s'entend.

— «Pourvu que Marie n'oublie pas le feu.»

— «Vous avez froid, Léa.»

— «Un peu.»

— «Serrez-vous contre moi.»

Légèrement elle se serre contre moi, et elle sourit, penchant la tête.

— «Bien» dis-je; «ainsi vous vous réchaufferez.»

— «D'un côté, oui».

— «Alors approchez-vous plus.»

— «Voulez-vous être tranquille!»

Doucement elle me gronde; nous sommes dehors; faut de la tenue; oui, des gens nous regardent; quel est ce monsieur élégant qui vient à l'encontre de nous, les yeux sur nous? pourquoi ce monsieur nous regarde-t-il? il continue; c'est ennuyeux enfin; il passe au près de la voiture; voyons s'il se tourne; non, il ne se tourne pas; que nous voulait-il? est-ce que Léa l'a vu? elle n'en a pas fait semblant; voilà un monsieur qui connaît Léa; je suis sûr qu'il est vexé; il m'envie, le bonhomme; dame, tout le monde ne se promène pas en voiture à minuit avec Léa d'Arsay; le voit-on encore, ce monsieur? oui, là-bas; il marche; ah, il se tourne, il se tourne; va, mon ami, tu peux attendre sous l'orme.

— «Voici la place Blanche, Léa; nous serons bientôt chez vous.»

Claquement de fouet dans l'air; la voiture roule sur les pavés sonorement.

— «Voyez donc, Léa; on dirait qu'on démolit cette maison.»

— «Qu'est-ce que cette maison? un café?»

Mais nous approchons; chez vous, disais-je; chez elle donc? bientôt chez elle; l'instant décisif alors?... c'est absurde, se troubler de la sorte, subitement, sans raison; j'ai à moi la plus jolie jeune femme; je viens de me promener avec elle; je vais rentrer chez elle; que voudrais-je de mieux? le monsieur de tout-à-l'heure devait enrager; je suis le plus fortuné des hommes; ah, mortel, mortel ennui! je deviens fou; ne suis-je pas certain d'être heureux, ne dois-je pas l'être?... déjà la place Pigalle; et ce cocher qui va à toute vitesse; le passage Stévens; dans une minute, sa porte; mon Dieu, mon Dieu, que va-t-elle me dire, que va-t-elle faire, que vais-je faire? le cocher ralentit, tourne; elle va me renvoyer encore; ah, sa maison, son affolante chambre; et ce radieux visage... la voiture s'arrête; Léa se lève, elle descend; c'est épouvantable, cette angoisse; ma pauvre amie, enfin voudrait-elle? Léa! elle est descendue... quoi?...

— «Eh bien, vous ne payez pas le cocher?»

Je ne paie pas le cocher; c'est vrai; pardon; deux francs cinquante; voilà... Léa sonne à la porte... je suis perdu; oh... je vous en supplie...

— «Vous me permettez de vous accompagner?»

— «Si vous voulez.»

Sacrebleu; pas dommage... la voiture s'en va... parbleu, montons; quelle heure est-il? il n'est pas minuit; nous avons le temps; quand je rentre tard chez moi, mon concierge me fait attendre des quarts d'heure à la porte; c'est insupportable.

IX

Léa marche devant moi; nous montons; au long des murs pâles, nos ombres; combien ai-je sur moi d'argent? j'avais dans mon porte-cartes cinquante francs, dans ma poche quatre louis; cela fait, cinquante et quatre-vingts, cent trente francs; j'ai d'autre argent chez moi; n'importe, la fin du mois sera pénible; faudra que Léa soit raisonnable; en attendant, montons; nous sommes arrivés; la porte ouverte; Marie.

— «Bonsoir, Marie.»

— «Bonsoir, monsieur.»

Léa:

— «Vous n'avez pas oublié le feu, Marie?»

— «Non, mademoiselle; si mademoiselle veut entrer dans sa chambre...»

Au fond du corridor, la porte du cabinet-de-toilette; derrière est la chambre; nonchalamment s'avance Léa, de sa gentille nonchalance; moi, la suivrai-je? attendre qu'elle me le dise? elle l'oublierait; mais si elle me renvoie; tant pis; ce serait trop bête, rester dans le corridor; j'entre; elle me grondera si elle veut; et je traverse le cabinet-de-toilette, la porte de la chambre; dans la chambre luit le feu de bois; la veilleuse au plafond éclaire aussi; aussi, sur la petite table, deux bougies; Léa, assise, au près du feu; la clarté blanche d'albâtre de la veilleuse, et le feu clairement rouge, sur les bûches incessamment courant, frétillant; dans un fauteuil, au près, la jeune femme; oui, mi cachée, Léa; elle se chauffe, coiffée encore et gantée, immobile, dans une ombre; et luit la flamme montante des deux pareilles bougies; sur sa robe le feu a des reflets, dorés, sombres; oh, la bonne température et molle, dans la chambre!

— «Vous aviez froid, n'est-ce pas, Léa?»

Et elle ne voulait pas rentrer, l'entêtée.

— «Vous devriez retirer votre manteau et votre chapeau.»

Elle demeure, devant le feu, parmi l'ombre éclairée par le feu, dans le fauteuil; maintenant s'entête-t-elle à avoir trop chaud? mais elle se lève, vive, vivement debout; et d'une voix rapide:

— «Oui, il fait trop chaud ici.»

Elle enlève son chapeau, le jette sur le lit; elle réajuste ses cheveux; elle tire ses gants; sur le lit; je vais m'adresser à la cheminée; elle déboutonne son manteau; je vais l'aider.

— «Merci; Marie va m'aider.»

Marie l'aide; je reviens à la cheminée; Marie emporte le manteau; le feu davantage me chauffe les mollets; Léa se tourne; elle sourit.

— «Eh bien, que faites-vous là avec votre chapeau à la main et votre par-dessus boutonné?»

Que veut-elle? elle veut que je quitte mon par-dessus? pourquoi? rester? ce serait possible... je lui ai répondu quelques mots... toujours souriante la voilà...

— «Si vous me le permettez...» disais-je.

Et lentement elle se tourne; lentement, avec des hanchements, vers l'armoire-à-glace, en face de la cheminée; près la croisée, sur une chaise, je mets mon chapeau, mon par-dessus; sur mon par-dessus mon chapeau; Léa, devant l'armoire-à-glace, ordonne les bouillonnés de son corsage sur sa poitrine et le ruban noir de son cou; contre le mur je suis debout, contre le rideau fermé de la fenêtre; dans la glace je vois sa mignonne figure et ses mines jolies, ce corps manifesté et dissimulé successivement par les habillements; c'est la mode admirable de notre temps, qui sait cacher et montrer tour à tour les formes féminines; en des mouvements d'un charme très félin, tandis que tressautent sur son front mat ses cheveux, elle s'approche à moi; y pensé-je? voudrait-elle ce soir? se va-t-elle laisser? elle m'a dit de poser mon par-dessus; quoi alors? vers elle je fais un pas; nous sommes près; nous nous arrêtons; oh, dans son regard, la vraie tendresse! victoire donc? est-ce le jour enfin? câlinement elle murmure:

— «Si vous étiez gentil, vous iriez, là, cinq minutes seulement, dans le salon.»

— «Oui, très bien, comme vous voudrez.»

Sur la cheminée elle prend un bougeoir, allume les bougies; ainsi, elle consent? elle veut que je l'attende?

— «Vous allez attendre ici; cinq minutes; surtout ne jouez pas de piano.»

Et refermant la porte:

— «À tout-à-l'heure.»

De nouveau me voici dans le salon; combien autre qu'il y a une heure! évidemment Léa veut que je reste, évidemment; sans cela, elle ne me ferait pas attendre qu'elle ait achevé sa toilette; et si aimable elle est ce soir! je n'ai pas à en douter, elle veut que je reste; mais pourquoi ce soir-ci plutôt qu'un autre? et pourquoi pas ce soir-ci? je n'en dois pas douter, elle me garde; quelle émotion cette idée me donne! dire que tout-à-l'heure elle m'appellera, et que dans sa chambre je rentrerai, et qu'entre mes bras je la tiendrai, que je déferai ses soyeux, longs, parfumés vêtements, et qu'en son triomphal lit tout-à-l'heure je l'aurai! Ne nous grisons pas; voyons; faut faire attention à ce que je vais faire; d'abord il serait bon que je prisse toutes mes précautions pendant que je suis seul; depuis le boulevard Sébastopol, voilà presque six heures que je n'ai uriné; le cabinet est à gauche dans l'antichambre; il faut dans une conversation tendre être tranquille; mais gare à sortir d'ici sans bruit, sans qu'on m'entende; il y a sans doute de la lumière dans l'antichambre; d'ailleurs j'ai des allumettes; ouvrons la porte; attention; sans bruit; sur la pointe des pieds; quelle chance, il y a de la lumière; justement la porte est entrebaillée; allons... gare aussi à ne me pas salir... ouf; la précaution n'était pas inutile; je laisse la porte entrebaillée, comme elle était; la porte du salon; bien doucement; là; bravo; personne ne m'aura entendu; et maintenant, dans ce fauteuil, commodément. Léa se déshabille; elle va se vêtir d'une robe-de-chambre; c'est extraordinaire que jamais elle n'ait voulu devant moi tirer ou mettre une bottine; quelle heure est-il?... minuit moins un quart; Léa n'est habituellement pas longue à s'habiller; dans un instant elle m'appellera. Je suis tout-à-fait ridicule; j'ai préparé, il n'y a pas deux heures, ce que je voulais faire, des choses que j'ai résolues depuis un mois, et je n'y pense même point; cela est pourtant simple; Léa veut que je reste cette nuit avec elle; eh bien, je dois refuser; je lui donnerai la meilleure preuve de mon amour, en respectant mon amour, en n'acceptant pas le don de son corps auquel elle se juge obligée, en n'imitant pas les autres épris seulement d'une vaine passion, mais en profondément l'aimant et voulant être aimé; c'est cela; au lieu de recevoir son sacrifice, je lui présenterai le mien; et si elle s'offensait? non; je lui dirai pourquoi je pars, et elle sera émue; Ah, je suis lâche et imbécile; j'hésite à présent; l'occasion si longtemps espérée est venue, et j'hésite. Eh non, je n'hésite pas; que diable, ce n'est pas si fort; il faut choisir, d'avoir cette fille comme les autres pour une nuit, ou d'aimer et peut-être se faire une amie; pas besoin de préparer de grandes phrases ni de se battre les flancs; tout à l'heure, simplement, je lui dirai bonsoir; et elle croira que je suis un timide et un niais, ou, mieux, que je souffre de quelque accès d'une syphilis gagnée au cours de mon platonisme. Mon Dieu, qu'elle est longue à faire sa toilette! quelle heure?... minuit moins dix; elle n'en finira pas; plusieurs fois déjà elle m'a attardé ici pour me congédier après un quart d'heure de chatteries; c'est exaspérant, attendre et ne savoir à quoi s'en tenir; Léa se rirait de moi à la fin; pense-t-elle que je m'amuse, dans ce salon, à espérer qu'il lui plaise ouvrir la porte? et je vais faire le généreux, le magnanime, poser au pur amour, plutôt que profiter tout bêtement de la bonne aubaine d'une bonne nuit; simagrées et plaisanteries; Léa me renvoie parce que je ne sais pas la forcer à me garder; je la laisse se jouer de moi et je m'invente ce divin prétexte de la vouloir conquérir par le respect; je suis plus absurdement faible qu'un gamin; il faut que ça finisse; donc ce soir, tant pis, je couche avec elle; ce serait trop de sottise; une affaire depuis si longtemps entreprise et à tant de frais continuée et qui n'aboutirait à rien; tant d'argent et tant d'ennuis pour le plaisir de contempler les beaux yeux d'une demoiselle; une demoiselle qui joue les travestis aux Nouveautés; quelle bêtise! ça vaut deux cents francs et c'est tout; faire du sentiment dans ce monde-là; une fille qui tous les soirs fait l'invite sur les planches et les jours de dèche fréquente dans les maisons de rendez-vous; oui, elle y fréquenterait, ça ne m'étonnerait aucunement; et la femme-de-chambre qui sert à consoler les messieurs mal partagés; parbleu, je pourrais mieux user mon argent qu'à lui payer des dentelles pour ses costumes; ce sera joli samedi au Continental; je mènerai un beau personnage au milieu de ces gens qu'elle allumera et qui le lendemain apporteront leurs cartes; et c'est une chaleur, une cohue, comme au bal des Artistes où mon chapeau a été défoncé; et ces boutiques dont on sort sans avoir de quoi prendre un fiacre pour rentrer chez soi... Mais, sacrédié, qu'elle est longue ce soir! c'est impatientant. Je vais frapper à la porte. Non, je ne peux pas. Oh, quelle patience faut! Je crois que je l'entends. D'ici on ne peut rien entendre dans la chambre. Si; elle ouvre la porte; enfin!...

—«Eh bien» elle «que faites-vous là? vous vous ennuyez beaucoup?»

Dans un long peignoir flottant, blanc de crème, légèrement serré à la taille, toute blanche dans les blancs crémeux plis flottants, elle se tient.

—«Je puis entrer?»

—«Entrez.»

Au près de la cheminée, dans le fauteuil bas elle va s'étendre; sur une chaise, des jupons blancs; à côté, pendante, la robe noire; le feu de la cheminée est presque éteint; une chaleur égale, tiède; contre la fenêtre voilà mon chapeau et mon par-dessus; je prends une chaise basse, et près Léa je vais m'asseoir; dans le fauteuil elle est étendue, mains allongées; dans le fauteuil bleu à la bande large brodée, elle blanche, aux joues rosées. Appuyée à l'armoire-à-glace est une petite table en peluche, et, dessus, vingt menues choses, boîtes, objets d'ivoire, ciseaux, vagues choses dans la lumière très blanche de la chambre. Nous sommes assis, parmi le calme tiède et silencieux de la chambre, elle près moi, blanche, étendue.

—«Vous ne m'avez pas conté ce que vous avez fait tantôt, quand vous m'avez quittée.»

Elle me parle; je lui réponds.

—«Oh, rien, absolument.»

Qu'elle est jolie ce soir!

— «Vous avez au moins dîné et vous êtes allé chez vous?»

— «Vous voulez savoir exactement ce que j'ai fait?»

— «Oui, contez-le moi.»

— «Eh bien, en sortant d'ici j'ai suivi la rue des Martyrs, le faubourg Montmartre, puis le boulevard Poissonnière et le boulevard Sébastopol, le tout à pied, et je suis arrivé à la tour Saint-Jacques, square plein d'enfants; alors, au près de là, j'ai visité un jeune gentleman mon ami, avec lequel ensuite j'ai marché durant un quart d'heure.»

Elle sourit.

— «Vous êtes précis. Et avec cet ami vous avez parlé de moi.»

— «Nécessairement.»

— «Et votre ami vous a beaucoup jalousé. Alors où avez-vous été?»

— «Où j'ai été?...»

Ce soir... la foule, affairée et pressée, dans Paris, le soir à six heures; les rues pleines; les voitures hâtées et ralenties; le Palais-royal...

— «J'étais au Palais-royal.»

... La blonde femme rencontrée aux vitres du Louvre, si provocante et mince, haute, fière, hélas perdue dans les marcheurs.

— «Mon ami a dû aller aujourdhui au Théâtre-français entendre Ruy Blas; j'ai refusé l'y accompagner.»

— «Pour moi; cela est héroïque.»

C'eût été intéressant, revoir Ruy Blas; mais j'ai refusé; ensuite j'ai dîné.

— «Ensuite j'ai dîné; où? dans un café de l'avenue de l'Opéra; vous ne connaissez point ces lieux modestes. Désirez-vous savoir quel a été le menu?»

—«Vous me le direz la prochaine fois que nous dînerons ensemble. Et là aussi vous avez vu de vos amis?»

—«Aucun.»

Mais la très jolie femme en face de moi était assise, avec le vieux monsieur si chauve, huissier ou consul; la très jolie femme que j'aurais voulu revoir et qui riait.

—«Près moi seulement était une belle dame qu'escortait un vieux monsieur sans doute consul ou notaire.»

—«Félicitations.»

Dans le café vif d'éclatantes colorations et lumineux, le confort du dîner lent et des inconnus observés... Le vin, le jeu; le vin, le jeu, les belles... Et tout-à-coup, très brillante en la rue nocturne, et sur des ombres, la façade de l'Eden-théâtre, Excelsior vu jadis, les cortèges de dansantes femmes; et mon ami, celui qui se va marier, l'excellemment heureux de son bonheur communié, l'aimé, lui, de l'aimée.

—«Je suis rentré chez moi, sans incidents, m'étant seulement rencontré à un homme aimé d'une femme qu'il aime; permettez que je note le cas.»

—«Cas rare certes, un homme qui aime.»

—«Vous croyez?»

—«Il y a si peu de femmes qu'un homme puisse aimer! une femme à qui plusieurs hommes disent qu'ils l'aiment, n'est aimée par aucun.»

C'est mal ce que dit Léa; que lui répondrai-je qui ne la froisse point? pourquoi ne sont-elles pas aimées, toutes et toutes les femmes, si non qu'elles ne veulent être aimées.

—«Si une femme» dis-je «n'est aimée, c'est, souvent, qu'elle ne le veut.»

Et, coupable ou méritoire, toute femme est complice au non-amour de qui l'a vue. Léa sourit, un peu moqueuse; elle considère le feu qui s'éteint; telle à peu près qu'en sa photographie.

— «On vous a remis» dit-elle «tout de suite ma carte chez vous?»

— «Oui; mais si je n'étais pas rentré chez moi?»

— «Vous deviez rentrer.»

— «J'avais une heure à perdre avant venir; je suis resté à la maison.»

— «À quoi faire?»

— «Pas grand chose; j'ai écrit un peu.»

Or la belle nuit, à la croisée, sur le jardin et les arbres, les grands arbres devant ma croisée, le jardin toujours désert et sans fleurs, grandiose, et ce parfum de nuit qui me vient des croisées ouvertes; ainsi, traversant les rues vides et les boulevards bruyants, la même nuit, avec l'orgue-de-Barbarie et les refrains connus, si doux dans l'ombre... le dirai-je à Léa?

— «Venant chez vous ce soir, j'ai été poursuivi par un orgue-de-Barbarie qui remplissait mon chemin de gémissements.»

— «Vous aimez pourtant la musique.»

— «Plus que jamais, mais moins que vous.»

Ses lettres... Léa d'Arsay prie monsieur Daniel Prince... à quoi bon Léa saurait-elle que j'ai relu ses lettres? pour le moins elle se moquerait; et que lui dire de ses tristes lettres? et mes projets, encore renouvelés, de lui sacrifier mon désir! peut-être qu'elle avait raison, et qu'il est rare, l'homme qui aime, et que jamais elle ne fut aimée; moi non plus donc ne l'aimerais-je? hélas, que je l'aime peu, que peu je l'aime, moi qui m'efforce à l'amour; et tâchons si le sacrifice pourrait exalter un amour.

— «Vous avez eu» reprend-elle «une très belle journée.»

—«Une plus belle soirée, malgré l'horrible inconvenance d'un assoupissement communiqué.»

Elle rit.

—«Et, pour finir, une délicieuse promenade en voiture, avec une jeune femme très charmante mais si mauvaise.»

Était-elle, en effet, mauvaise! et le monsieur qui nous suivait sur le boulevard; la butte Montmartre visible dans la brume; la ligne des maisons aux fenêtres claires et des arbres foncés dans la nuit; oui, mais combien charmante en sa feinte dignité, grave et drôle; maintenant charmante sans feintises; elle a redressé sa tête, blonde et blanche, hors la blancheur blonde des étoffes flottantes; et un fin corps d'enfant féminin, gracile, fluet et potelé; un invitant sourire, une promesse aux caresses, une mollesse inclinée à s'abandonner en des bras; car en cette heure où vaine la journée fuit et n'est plus, après la journée quelconque éteinte, c'est ma nuit, l'heure de mon amour.

—«... Oh mon amie... vos lèvres sont frivoles et aux vents d'ici qu'elles s'envolent...»

Et ses mains; et, de ses mains, par mes mains et mes bras et mon cœur, une vapeur, un frémissement, une chaleur, une poignance, cela monte jusqu'à mes yeux; presque chancellerais-je? oh, je te veux; tant pis aux longs respects, aux amours humbles, aux beaux projets, aux tardifs amours préparés si longuement, aux départs, aux renoncements, aux renoncements tant pis, mon amante, si je te veux; et je la regarde, en sa pâleur charnelle et des joies folles annonciatrice, celle que pour un songe je renoncerais. Cependant de mes mains elle tire ses mains; je me recule de deux pas; elle vient vers moi; sur mes épaules elle met ses mains; et, comme d'elle je me grise et déraisonne, elle me parle, en une façon de fée.

—«Vous viendrez samedi à la fête de l'hôtel Continental; vous verrez que je serai jolie...»

Oui, certes, immortellement.

—«... Je serais si attristée de ne pas vous trouver; et puis, je vous ferai honneur...»

Ah, tout séduisante bien-aimée.

—«... Vous m'apporterez, n'est-ce pas, ce tablier pour mon costume...»

Son costume?... oui, ce tablier, cet argent que je lui ai promis... je n'y songeais plus... elle le désire tout de suite... je le lui ai promis; d'ailleurs c'est bien le moins; bah, débarrassons-nous en dès maintenant...

—«Si vous vouliez me dire à peu près ce qu'il vous faut, Léa, et me pardonner de vous en laisser le soin...»

—«Je ne sais pas... cela ferait... tout au plus... une centaine de francs.»

—«Permettez que je vous les remette.»

J'ai un billet de cinquante francs dans mon porte-cartes, plusieurs louis dans mon porte-monnaie; rien que des pièces de vingt francs; cela fera cent dix francs; soit; trois louis et cinquante francs, là, sur la cheminée.

—«Vous êtes gentil» dit Léa.

Vers moi elle revient; je lui ai fait plaisir; ce me coûte encore un peu cher; mais elle sera contente de moi et sera aimable; et puis j'ai ainsi moins de scrupules à rester cette nuit, plus de droits; d'ailleurs ne puis-je donc lui prouver mon amour sans la refuser? si tendrement, si doucement, si bonnement je l'aimerai cette nuit, que ce vaudra toutes paroles et tous renoncements; certes, en sachant me conduire, je réussirai mieux, si je reste avec elle, à lui prouver mon vrai amour; voilà ce qu'il faut faire; et entre ses cheveux, très bas, je lui dis:

—«Ainsi, vous me gardez?»

Ses grands yeux, ses grands yeux étonnés, on dirait apitoyés... que veulent-ils?

— «Oh, pas ce soir; je vous en prie; je ne peux pas...»

Comment? pas ce soir? elle ne veut pas?

— «... La prochaine fois, je vous promets... je ne peux pas.»

Encore, encore, elle ne veut pas?... je ne puis la forcer... vraiment, elle ne veut pas?...

— «Léa, vous ne voulez pas?»

— «Je vous jure...»

Et pourquoi insister?

— «Bonsoir donc.»

Pourquoi lui ai-je demandé? comment n'ai-je pas tenu ma résolution, ne suis-je pas parti comme je le devais et à mon honneur?

— «Bonsoir, mon amie.»

Et j'embrasse son front; délices en allées et impossibles, mortelles et désespérées délices, à quand, oh vous?

— «Venez mercredi à trois heures» dit-elle.

— «Volontiers, je vous remercie.»

Pourquoi ai-je encore voulu l'avoir? hélas, celle qu'encore je ne vais pas avoir! il faut partir; voilà mon par-dessus, mon chapeau.

— «Au revoir» dit-elle, «à mercredi, trois heures.»

Elle a pris le bougeoir et ouvre la porte du salon; Marie est là; nous traversons le vestibule.

— «À mercredi, trois heures» dis-je.

Non, je ne la reverrai plus; je ne la dois plus revoir; à jamais elles ont péri, les possibilités d'aimer à elle et moi; et rien n'est plus que l'infinie tristesse des indéniables inutilités. Blanche et jolie inoubliablement, mon amie me tend sa main.

– «Au revoir.»

– «Au revoir.»

Amicale elle sourit; sur sa poitrine voltigent les lueurs blondes et nocturnes.

FIN